S. Sichermann

ERDENTAGE

Wie viel Mensch bleibt?

Zu diesem Buch:

Die Erde. Sie bedeutete nur eine Station auf unserer Forschungsreise und ihre Bewohner spielten für uns keine Rolle. Es sollte ein reiner Arbeitseinsatz werden. Schnell, effektiv und zu keiner Zeit beabsichtigte ich, gegen Vorschriften zu verstoßen oder etwas zu tun, was den Erfolg unserer Mission gefährdete. Die Menschen interessierten mich nicht und niemals hatte ich einen Gedanken daran verschwendet, mir vorzustellen, wie ein Kontakt mit ihnen verlaufen würde.

Über die Autorin:

S. Sichermann ist freie Autorin und schreibt Bücher verschiedener Genres. Sie textet, lektoriert, fotografiert und gestaltet ihre Bücher selbst.

S.Sichermann

ERDENTAGE

Wie viel Mensch bleibt?

Roman

Bibliografische Information der Deutschen Nationalbibiothek
Die deutsche Nationalbibliothek verzeichnet diese Publikation in der deutschen Nationalbibliografie; detaillierte bibliografische Daten sind im Internet über: www.dnb.de abrufbar.

Herstellung und Verlag:
BoD - Books on Demand, Norderstedt

ISBN 978-3-75195-161-6

INHALT

*Vielen Dank an meine Familie und Alle,
die mich bei der Umsetzung dieses Buches
unterstützt und ermutigt haben.*

ALEX

»Alex? Alex, hörst du?«, die Stimme am anderen Ende klang ungeduldig und sehr aufgeregt. Einige dumpfe Schläge, die sich anhörten als trommelte jemand gegen einen Gegenstand, tönten ihr durch die Telefonleitung entgegen.

»Alexander!« Die Stimme wurde fordernd und ihr folgte ein lautes Einatmen, gefolgt von einem kurzen, ärgerlichen Ausatmen.

»Ja«, Alex Antwort klang äußerst unwillig, während Alex aufhörte mit den Fingerknöcheln gegen das kleine Tischchen neben seinem Bett zu klopfen.

»Alex, warum meldest du dich nicht? Hast du überhaupt eine Ahnung wie oft ich schon versucht habe dich zu erreichen? Wie geht es…?«. Die Stimme war jetzt nur noch dumpf unter Alex Hand zu hören, die er auf den Hörer des Krankenhaustelefons gelegt hatte.

Was sollte er seiner Schwester sagen? Er musste vorsichtig sein. Die Polizei ermittelte noch und die Versicherung weigerte sich bisher, die Kosten für den Rettungseinsatz zu übernehmen.

»Alex? Bist du noch dran?«, fragte Karen und in ihrer

Stimme klang etwas Angst mit. Verdammt, sie würde nicht so einfach aufgeben, sie war der neugierigste Mensch, den Alex kannte.

»Ja«, hauchte Alex widerwillig und räusperte sich. »Alles ok soweit, Karen.« Alex bemühte sich, seine Worte zuversichtlich klingen zu lassen.

»Wir haben uns wirklich Sorgen gemacht.« Nach einer kurzen Pause fügte sie hinzu. »Maria hat mich angerufen, weil du Alleingänge gemacht hast und sie dich nicht finden konnten.«

»Wieso ruft Maria ausgerechnet dich an?«, Alex klang jetzt hörbar verärgert.

»Keine Ahnung. Wahrscheinlich hat sie sich gedacht, dass du dich wenigstens bei deiner Familie meldest.« Karen seufzte. »Weißt du, die Kletterei ist eine Sache aber mussten das ausgerechnet diese Höhlen sein. Du kannst in diesen Höhlen doch nicht alleine klettern. Kein Mensch findet dich dort, wenn dir etwas passiert. Alex. Das ist kein Spaß!«, sagte Karen eindringlich.

»Ich bin erwachsen Karen, o.K? Ich habe Maria nicht gebeten bei dir anzurufen und hör endlich auf, dir Sorgen um mich zu machen.«

Es klopfte und der Arzt, der die Untersuchungen mit Alex durchgeführt hatte, erschien mit einem munteren «Good Morning« in der Zimmertür.

Er sah nicht aus wie ein Arzt aus. Jedenfalls nicht, wie man sich einen Arzt vorstellte.

Er hatte eher die stattliche Figur eines Rugbyspielers. Alex flüsterte Karen noch ein, «Der Arzt ist da ich muss Schluss machen», in den Hörer, bevor er auflegte.

»Good morning«, erwiderte Alex dem Arzt mit einem freundlichen Grinsen und schüttelte die ihm entgegengestreckte Hand.

Abgesehen davon, dass er sich in einem Krankenhaus befand und dass er ständig Erinnerungslücken vortäuschen musste, die er gar nicht hatte, fühlte er sich ganz wohl hier.

Es herrschte eine lockere Atmosphäre, ganz anders, als er es bisher von deutschen Krankenhäusern kannte.

Der Arzt teilte ihm mit, dass sie ihn morgen aus dem Krankenhaus entlassen würden. Die Blutwerte waren soweit in Ordnung. Er sollte die Blutverdünner aber unbedingt weiter einnehmen, sonst drohe die Gefahr eines Blutgerinnsels und er bekam die Anweisung, zu Hause unbedingt sofort seinen Hausarzt aufzusuchen.

Der Arzt klopfte Alex aufmunternd auf die Schulter und verabschiedete sich mit einem breiten Grinsen. Konnte es nicht mehr solcher Ärzte geben?

Alex blickte auf die weiße Zimmerdecke und atmete erleichtert aus. Zum Glück hatte der Mediziner nicht noch einmal nach seiner Narbe gefragt und nach dem klebrigen Teil, mit dem die Narbe bedeckt war.

Er konnte alles auf die Erinnerungslücken schieben, die das Team immer noch hatte.

Er wusste, dass Maria vor der Tür stand, noch bevor sie angeklopft hatte.

»Komm rein«, rief Alex, bemüht freundlich, durch die geschlossene Tür, worauf sie sich langsam öffnete und ein verwundert dreinblickender Frauenkopf erschien.

»Woher wusstest du, dass ich vor der Tür stehe?«, fragte sie ihn erstaunt und kam langsam auf sein Bett zu. Sie küsste ihn auf die Wange, bevor sie sich neben ihn auf das Bett setzte und ihren Kopf auf seine Schulter legte.

Alex streichelte sanft über ihren Kopf. Ihre Haare rochen frisch gewaschen und er liebte diesen Duft. Er war froh, sie bei sich zu haben. Sie hatten sich heftig gestritten und das kam in der Vergangenheit häufiger vor. Sie stritten sich oft, meist über unwichtige Dinge und er bezweifelte zeitweise, ob sie es zusammen schaffen würden.

»Ich war noch einmal auf der Polizeistation«, sagte Maria, während Alex weiter über ihren Kopf streichelte. »Sie haben noch niemand verdächtigen gefunden aber sie werden Augen und Ohren offen halten. Sie brauchen im Moment nichts mehr von uns.« Sie zögerte kurz, hob ihren Kopf und sah ihn an.

»Wir könnten morgen nach Hause fliegen. Es gibt noch freie Plätze für einen Flug am frühen Nachmittag. Ich habe die Tickets reservieren lassen.« Maria zupfte an ihren Fingernägeln, das tat sie immer, wenn sie unsicher war.

»Wir könnten auch noch einen Tag länger bleiben, uns irgendetwas ansehen oder …«, sie zögerte und sah ihn fragend an, »einfach in Ruhe noch ein bisschen reden.«

Alex fuhr sich mit der Hand über sein Kinn, während die Gedanken durch seinen Kopf schossen.

»Lass uns lieber den Flug nehmen«, sagte Alex und bemerkte die Enttäuschung in Marias Gesicht. »Sei mir nicht böse aber ich bin noch ziemlich durcheinander. Der Flug dauert sowieso so endlos lange, da haben wir doch noch genug Zeit zum Reden.« Es klang nicht sehr überzeugend.

Maria richtete sich auf, nahm ihr Smartphone aus ihrer Handtasche und fing an sich damit zu beschäftigen, während Alex an die weiße Decke starrte und versuchte seine Erinnerungen zu unterdrücken.

»OK. Die Flüge sind gebucht.« Maria sah ihn nachdenklich und etwas enttäuscht an. »Ach ja, ich habe mit der Krankenschwester gesprochen. Ich kann dich morgen früh abholen. Die Schwester meinte, gegen zehn wäre gut, dann sind sie mit dir fertig«, wobei sie die letzten Worte betonte, während sie ihn leicht in den Oberarm boxte.

»Hoffentlich lassen die Schwestern noch was von dir übrig«, versuchte sie zu scherzen, während Alex nur zustimmend brummte und die Mundwinkel verzog.

»Danach holen wir unsere Sachen ab. Ich schleppe das ganze Gepäck nicht alleine zum Flughafen, okay?«.

»Ja, klar«, Alex bemühte sich zu lächeln. »Und danke für alles.«

»Schon in Ordnung«, sagte Maria, drückte ihm einen Kuss auf die Wange und erhob sich eilig.

»Ich sehe mir noch ein paar Läden an. Ich möchte unbedingt noch einen Schlüsselanhänger mit einem Kiwi und ein paar Souvenirs brauchen wir doch auch noch. Schließlich kommen wir ja nicht alle Tage nach Neuseeland und du kannst doch bei deiner kleinen Nichte nicht ohne ein Mitbringsel auftauchen.« Sie zog die Augenbrauen hoch, lächelte kurz und winkte ihm zu, während sie zügig das Zimmer verließ.

Niemals hätte er an irgendwelche Souvenirs gedacht. Alex war froh, dass Maria sich um alles kümmerte. Er selbst schien irgendwie neben sich zu stehen und er fühlte sich unsicher. Es war Unsicherheit, gepaart mit etwas Angst. Das musste er sich eingestehen.

Er war kein ängstlicher Typ, aber im Moment plagte ihn eine Mischung aus Zukunftsangst und beunruhigenden Szenen aus der Vergangenheit.

Alex wünschte sich ein paar von den Erinnerungslücken, über die seine Teamgefährten klagten, dann wäre etwas mehr Ruhe in seinem Kopf. Zumindest konnte er froh sein, dass sie die Lücken hatten und er hoffte, dass sie auch in Zukunft nicht fähig sein würden, sich an alle Geschehnisse zu erinnern.

ERIA

Eria, so würden mich die Menschen wohl nennen, jedenfalls nannte mich Alex so und er war einer von ihnen.

Er konnte meinen Namen nicht korrekt aussprechen. Sein Sprachorgan war, für die dafür notwendige Frequenz, nur unzureichend ausgebildet. Allerdings beschäftigten mich die Geschehnisse zu sehr, um diese Nebensächlichkeit als besonders wichtig zu erachten.

Im Nachhinein betrachtet, bringe ich einiges an Nachsicht für ihn auf, denn immerhin war er nur ein Mensch. Ob er sich typisch für seine Gattung verhielt, kann ich nicht beurteilen, da dieser Kontakt mit einem Vertreter der menschlichen Art, der Erste für mich war und ganz sicher ebenso einzigartig bleiben wird.

Vor zehn Tagen habe ich die Erde verlassen und ich muss zugeben, dass meine Gefühle gemischter Art waren, was diesen Abschied betraf.

Allein die Tatsache, dass ich mir derart viele Gedanken über meine Gefühle mache, ist schon irritierend genug und ungewöhnlich für unsere Spezies. Mein Aufenthalt sollte rein wissenschaftlichen Interessen dienen und bedeutet für mich doch viel mehr, als ich mir jemals hätte vorstellen können.

Die kurze Zeitspanne und die verlassene Gegend, in der ich mich befand, verhinderten, dass ich mir mehr als einen minimalen Eindruck von der Erde und dem Verhalten ihrer Bewohner verschaffen konnte.

Sicher war dies auch so vorgesehen und ich hatte nie die Absicht den Planeten oder seine Bewohner näher zu erkunden, ganz im Gegenteil.

Wir hatten unsere Mission gezielt, mit einem sehr engen Zeitrahmen, geplant. Ein Kontakt zu den Bewohnern der Erde war nicht vorgesehen und natürlich, hatten wir sie nicht um Erlaubnis gefragt. Die Menschen interessierten uns nicht und das, was ich erlebt hatte, würde allein meine Angelegenheit sein. *Das heißt, solange niemand etwas davon erfährt.*

Trotz der kurzen Zeit, hat mich die Mission verändert, ob ich es wahrhaben will oder nicht. Ich wurde nicht gefragt. Die Dinge sind einfach geschehen und wie bei einer Naturgewalt, schienen sie gnadenlos auf mich einzustürmen, um mich herauszufordern. Eine ungeahnte Herausforderung bedeutet es für mich jetzt, die Erinnerungen zusammenzufassen, die nur für mich bestimmt sind.

Den offiziellen Forschungsbericht habe ich längst weitergeleitet und ich hatte mit meinem analytischen Verstand und meinem Ordnungssinn keine Schwierigkeiten, die für die Forschungsabteilung relevanten Details abzurufen.

Probleme bereitet es mir, die weniger greifbaren Dinge einzuordnen, die Gefühle und Gedanken, die sich gerne meiner Erinnerung entziehen, da sie mir relativ fremd sind. Darin habe ich wenig Übung, was keineswegs ungewöhnlich ist; für eine Cygronierin.

Ich fühlte einerseits Erleichterung darüber, endlich wieder mit normalen, mir vertrauten, Wesen sprechen zu können und andererseits machte sich, ein mir bis dahin fremder, Eigenwille breit.

Schon beim Abschied von der Erde, den ich gerne noch etwas hinausgezögert hätte, bemerkte ich diesen Eigenwillen. Er schien sich in mir auszubreiten und verunsicherte mich zutiefst. Nichts konnte allerdings den Zeitpunkt der Abreise, der unverrückbar feststand, ändern.

Der Impuls zum Transfer kam schnell und heftig und ich konnte keinen Blick mehr auf die Erde werfen, bevor sich die kleine Kapsel, in der ich zwei Wochen verbringen musste, vollkommen schloss. Die Zeit reichte dafür nicht aus.

Die einmalige, blaue Ausstrahlung der Erde, die sie so unverwechselbar macht und ihr Magnetfeld, das ich leider nicht untersuchen durfte, obwohl Magnetfelder mein Spezialgebiet sind, würde ich nicht mehr sehen. Ich musste mich der Enge der Isolationskapsel ergeben.

Während der nächsten Tage arbeiteten die kleinen Sauger gründlich und die Einrichtung zur Dekontaminierung war mit mir gut beschäftigt.

Um sicher zu gehen dass keine ungewollten Substanzen unseren Raumgleiter besiedelten, musste jedes Crewmitglied, das die Erde besucht hatte, eine vierzehntägige Zeit der Isolation in der Kapsel verbringen.

Die Sauger mit ihren langen dünnen Schläuchen machten ihre Arbeit gründlich und ich war mir sicher, dass sich kein einziges Teilchen Erdenstaub mehr an mir oder an meiner Ausrüstung befand.

Die ersten sieben Tage verbrachte ich in einem Schlafzustand, der mir eine optimale Regeneration ermöglichte. Der Aufenthalt auf einem Planeten, außerhalb der eigenen Galaxie, erweist sich, auch für unseren äußerst robusten Körper, als anstrengend und die fremde Resonanz der Erde kann unsere Gehirnaktivität beeinflussen.

Für unsere Mission auf der Erde war die vermeintlich größte Herausforderung die fehlende Schwere der Luft. Ihre Eigenschaft der Leichtigkeit, begünstigt eine oberflächlichere Atmung, was sich ermüdend auswirkt und die Konzentration erschwert.

Meine eigene Herausforderung bestand allerdings weniger aus Problemen, die sich auf die Luftzusammensetzung bezogen.

Unsere Körper sind imstande, vieles scheinbar unmerklich auszugleichen, doch während der Ruhephase in der Isolation, zeigt sich die noch vorhandene Anspannung. Sie kann sich unkontrolliert entladen, was durchaus heftige körperliche Reaktionen verursacht.

Für deren Kontrolle hat sich der Aufenthalt in der Kapsel optimal bewährt, da alle notwendigen Untersuchungen durch die Wand der Kapsel durchgeführt werden können und die Arbeit der restlichen Besatzung nicht beeinträchtigt wird.

Verletzungen können behandelt, Gehirnwellen korrigiert und körperliche Überreaktionen durch vorübergehende Einschränkung der Muskelaktivität abgefangen werden.

Für alle bekannten Komplikationen gibt es Gegenmaßnahmen, deren Wirkungen garantiert erfolgreich sind und die unbekannten Komplikationen lagen immer außerhalb meiner persönlichen Vorstellung. Bis zu dem Zeitpunkt, als sie sich mir zeigten.

Nachdem ich die ersten sieben Tage in einem leichten Schlafzustand verbracht hatte, spürte ich diese kurzen Zuckungen, die entstanden, wenn der Schlafzustand beendet wurde. Ich fühlte langsam wieder Bewegung und Wärme in meinen Körper zurückkehren.

Die Wärme war es, die mich jeden Körperteil wieder spüren ließ und mir bewusst machte, wie sehr ich, als wechselwarmes Wesen, auf sie angewiesen bin. Meine Körpertemperatur erreichte langsam wieder den Normalzustand und ich begann die Funktionstüchtigkeit meiner Gliedmaßen zu überprüfen.

Alles schien wie immer zu sein und doch wagte ich nur vorsichtig, meine Augen langsam zu öffnen. Es kostete mich Überwindung, ruhig zu bleiben und mich der Enge der Kapsel zu ergeben.

Die Unruhe, die ich innerlich spürte, beeinträchtigte mein Denkvermögen enorm.

Ich hätte ein Mittel zur Beruhigung ordern können, aber es würde mein Denkvermögen noch mehr einschränken und das wollte ich nicht riskieren. Die Gefahr, dass ich mich verraten würde, war zu groß.

Es war bedrückend, in dieser engen Kapsel eingesperrt aufzuwachen und zu wissen, dass ich diese Enge und Stille noch einige Tage ertragen musste. Abgesehen von den leisen Pump- und Sauggeräuschen, drangen keine Außengeräusche in die Kapsel.

Die Welle der Erinnerung begann sich aufzubäumen, bereit, um auf mich einzustürzen und ich zwang mich, meine Atmung zu verlangsamen, um die Kontrolle zu behalten. Ich konnte nicht riskieren, dass mich die Erinnerungen kontrollierten und ich beschloss, nach einem Besatzungsmitglied zu rufen, um mich an den Muskelstimulator anzuschließen zu lassen. Damit würde sich zumindest meine körperliche Unruhe regulieren.

Ich erschrak, als die Köpfe einiger Besatzungsmitglieder vor der durchsichtigen Abdeckhaube der Kapsel, auftauchten und im ersten Moment erschienen sie mir fast fremdartig.

Die letzte, intensive Wahrnehmung eines Wesens hatte auf der Erde stattgefunden und es war der Blick in ein menschliches Gesicht gewesen. Kann es sein, dass mir etwas, seit langem Vertrautes, so schnell, so fremd-artig erscheinen konnte?

Es war ein seltsamer Gedanke, der zum Glück nur kurz auftauchte aber ich hatte schon angesetzt, um meine Hand zur Begrüßung zu heben, als mir bewusst wurde, dass dies eine Form der Begrüßung darstellte, die unter Cygroniern nicht üblich war.

Die Köpfe der Besatzungsmitglieder verschwanden wieder und Omgrans Gesicht tauchte auf. Er legte seine Stirnplatte zur Begrüßung für einen kurzen Moment auf die Sichtscheibe und ich fühlte, dass er mich gerne berührt hätte.

Er ist mein persönlicher Betreuer oder genauer gesagt, derjenige unter den Besatzungsmitgliedern, der neben seinen sonstigen Tätigkeiten, für mich zuständig ist. Omgran ist der einzige Cygronier auf dieser Reise, der mehr als das Notwendige mit mir gesprochen hatte. Er brachte mich auf den neuesten Stand der Geschehnisse.

Alle Forschungsmitarbeiter waren, bis auf einen Knochenbruch und einem fehlenden Schwanzende, körperlich unversehrt an Bord zurückgekehrt. Der Knochenbruch schien kompliziert zu sein und er-forderte einen Eingriff durch die Kapselwand.

Unter keinen Umständen würde die Isolationskapsel noch während der Dekontaminationszeit geöffnet werden. Es hatten sich Bakterien in der Wunde vermehrt, was die Wundheilung verzögerte. Die Verletzung hätte früher behandelt werden müssen aber der Forschungsauftrag hatte Vorrang und der Mitarbeiter wollte die Probenentnahme ordnungsgemäß beenden.

Verständlicherweise hätte jeder von uns so gehandelt und Omgran vertraute mir an, dass diesem Mitarbeiter, nach unserer Rückkehr, eine Ehrung ziemlich sicher war.

Was gäbe es wohl für einen Empfang für mich, wenn sie herausfinden würden, dass ich gegen ausdrückliche Befehle gehandelt hatte?

Der Verlust eines Schwanzendes war nicht weiter erwähnenswert, da er von alleine wieder nachwächst. Danach ist er zwar etwas kleiner, was seine Funktion als Stabilisator aber nicht relevant beeinträchtigt und rein optischer Natur ist. Des Weiteren waren keine besonderen Vorkommnisse aufgetreten und die ordentliche Vorbereitung hatte sich ausgezahlt.

Planung, Organisation und präzises Arbeiten ist eine große Stärke unserer Spezies und hat uns schon gegen scheinbar übermächtige Gegner siegen lassen. Was nicht heißt, dass wir eine streitbare Spezies sind, denn es ist nicht im Sinne des Allgemeinwohls, Leben auszulöschen und kriegerische Auseinandersetzungen zu führen.

Wir vermeiden Angriffe auf andere Arten, besonders, wenn wir davon ausgehen können, dass sie weiter entwickelte Waffen besitzen und ein Sieg, trotz unseres analytischen Verstandes, nicht sicher wäre.

Wir setzen unsere Energie lieber für unsere zahlreichen Forschungsprojekte ein, die vor allem der Weiterentwicklung unserer Spezies und der Stabilisierung unserer Lebensgrundlagen auf Cygron, unserem Heimatplaneten, dienen.

Wenn ich an Cygron denke, stellt sich eine gewisse Ungeduld ein, die gepaart ist mit der Hoffnung, dass sich bestehende Verbindungen über die Distanz wieder auflösen werden.

Es wird fast ein Jahr vergehen, bis ich Cygron wieder betreten werde und ich spürte ein Gefühl der Sehnsucht, das mir neu war.

Ich hatte vorher nie wahrgenommen, was das Leben auf Cygron ausmachte, was der Planet an sich, mir bedeutete und ich hätte mir niemals vorstellen können, dass ich ihn, mitsamt seiner Bewohner, derart stark vermissen würde.

Ich hatte mir keine Gedanken über meinen Planeten gemacht, wenn nicht gerade ein Sturm über die Felsen tobte, der mir ein Arbeiten unmöglich machte und mich dazu zwang tagelang in einer Felsspalte ausharrend, zur Untätigkeit verdammt, auf sein Ende zu warten.

Ein Heimatplanet ist eine so solche Selbstverständlichkeit, der man erst dann die nötige Aufmerksamkeit widmet, wenn sich Vertrautes ändert, das Überleben erschwert oder gar bedroht wird.

Erst, wenn man sich einem anderen Planeten nähert,

wenn man die Ausstrahlung spürt, die ihn umgibt, seine Anziehungskraft, seine Frequenz und seinen Magnetismus wahrnimmt, werden die Unterschiede deutlich.

Erst wenn man einen anderen Planeten betritt, wird einem bewusst, was der Heimatplanet für eine Bedeutung hat.

Den offiziellen Bericht über meine geleistete Arbeit auf der Erde zu verfassen hatte mir keine Zeit gelassen, um über Cygron nachzudenken. Es ging um die entnommenen Proben der Mikroorganismen, deren Herkunft, Vorkommen und Eigenschaften.

Die Sicherung der wissenschaftlich relevanten Daten war eine anspruchsvolle, wichtige Arbeit und Teil unserer Mission, wobei ich nicht behaupten kann, dass das Verfassen eines Forschungsberichts zu meinen bevorzugten Tätigkeiten gehört.

Ich zuckte zusammen, als Omgrans Gesicht plötzlich über meiner Kapsel auftauchte. Er sah mich verwundert an und an seinem Gesichtsausdruck konnte ich ablesen, dass er nach etwas suchte.

Omgran ist ein stattliches, männliches Exemplar unserer Spezies. Er ist groß und ungewöhnlich kräftig dafür, dass er die meiste Zeit auf Raumgleitern verbringt. Er mag es, wenn ich mich in seiner Nähe aufhalte. Seit ich wieder auf dem Gleiter zurück bin, kann ich es spüren.

Vorher hatte ich mich nicht um solche Nebensächlichkeiten gekümmert. Aber falls es schwierig für mich werden würde, konnte Omgran meine Rettung sein. Er betrachtete die gleichmäßigen Muskelbewegungen, die der Simulator bei mir auslöste.

Omgran fragte nach, wie es mir ging. Ob ich mich gut fühle und ob sich die Unruhe gelegt hat. Ich bestätigte ihm, dass alles in Ordnung war. Er injizierte mir ein, wie er sagte, ganz leichtes Beruhigungsmittel und ich widersetzte mich nicht.

Ich konnte sein Interesse an mir spüren. Noch nie zuvor hatte ich ein vergleichbares, männliches Interesse wahrgenommen. Vermutlich war es ein hormoneller Vorgang aber diese Anziehungskraft zwischen uns, machte mich unruhig.

»Deine Dekontamination ist soweit abgeschlossen.« Omgran zögerte kurz und sah mich danach prüfend an.

»Es wurden menschliche Haare an deiner Ausrüstung gefunden, hast du eine Erklärung dafür?«

Ich sah ihn überrascht an, während sich meine Haut spannte. »Nein habe ich nicht«, entgegnete ich ihm, möglichst schnell und mit einem leicht angewiderten Gesichtsausdruck. Den würde er vermutlich von mir erwarten.

»Ja, gut. Menschliche Haare sind nichts Ungewöhnliches auf der Erde. Die Menschen verlieren sie, im Gegensatz zu uns, in großer Anzahl. Sie sind am ganzen Körper behaart. « Er sah mich nachsichtig an.

»Du weißt nicht viel über die Menschen, wozu auch und sei nicht beunruhigt wegen der menschlichen Haare, sie können keine Krankheiten übertragen.«

Omgran schien mir meine Ahnungslosigkeit abzunehmen. Meine Augen fielen mir immer wieder zu und während ich sie noch ein paar Mal öffnete und schloss, entfernte sich Omgran wortlos.

Omgran war ruhig geblieben aber ich hörte einen gewissen Zweifel in seiner Stimme. Er würde mich ausfragen. Er hatte ein Gespür für Geschichten und ich denke, er wird mir keine Ruhe lassen.

Ich konnte versuchen, diese Erinnerungen zu entfernen. Es war möglich, das wusste ich. Es würde schwierig werden und es erforderte Zeit aber wenn ich von einer Sache mehr als genug hatte, war es Zeit.

Ich hatte nur davon gehört und ich war mir nicht sicher, ob nicht doch ein Rest der Erinnerungen bei mir bleiben würde aber ich musste es versuchen. Die Angst davor, dass meine Verfehlungen aufgedeckt würden, wuchs zunehmend. Der Gedanke daran, was mich auf Cygron erwarten würde, wenn sie die Wahrheit erfuhren, zwang mich dazu.

Mein Dasein wäre nicht mehr lebenswert, wenn sie herausfinden würden, dass ich wiederholt gegen Befehle gehandelt und die Mission gefährdet hatte.

CYGRON

Die Berufung an der Außenmission teilzunehmen, traf mich unerwartet. Ich hatte mich nicht dafür gemeldet und meine Arbeit auf Cygron erschien mir zu wichtig, um sie für eine Außenmission aufzugeben.

Was allerdings nichts daran änderte, dass mir keine Wahl blieb. Berufen zu werden bedeutete, dies auch tun zu müssen und ich hätte nie gewagt den Einsatz abzulehnen. Insgeheim spielte ich gedanklich ein paar Szenarien durch, die es mir ermöglichen konnten, doch auf Cygron zu bleiben, aber die Verletzungen die dafür nötig gewesen wären, hätten schon größerer Art sein müssen.

Bei einem vorsätzlichen Sturz in eine Schlucht oder bei einem Absturz mit meinem Arbeitsgleiter, konnte ich mir auch irreparable Schäden zufügen. Das erschien mir zu riskant und andere Gründe, die mir die Mission ersparen würden, gab es nicht.

Auf Cygron gibt es keine psychischen Beeinträchtigungen, wie sie vielleicht bei anderen Spezies vorkamen und wo sie möglicherweise akzeptiert werden. Ein Cygronier zeigt keine psychischen Beeinträchtigungen, die ihn daran hindern, seine Aufgaben zu erledigen.

Fehler in der Gehirnvernetzung kamen vereinzelt vor aber wir waren in der Lage, diese als solche zu erkennen und es gab Spezialisten, die diese Fehlvernetzungen beheben konnten.

Meine Überlegungen darüber, was mich für den Planeten so wichtig machen konnte, dass ich unverzichtbar wäre, führten zu keinem Ergebnis und es war ein wenig enttäuschend, zu erkennen, dass ich nicht wirklich wichtig zu sein schien. Jedenfalls nicht annähernd so wichtig, wie ich bisher dachte zu sein.

Ich erledigte meine Arbeiten mit äußerster Sorgfalt und Präzision aber es würde immer auch andere geben, die diese Arbeiten ausführen konnten. Sie würden sie anders machen, manches vielleicht schlechter, manches aber auch besser und es gefiel mir nicht, dass es scheinbar nichts gab, worin ich so herausragende Fähigkeiten hatte, die mich unersetzbar machten.

Nichts konnte aber die Tatsache ändern, dass ich, was die Mission betraf, keinen freien Willen hatte. Ich würde daran teilnehmen müssen, ob ich es wollte oder nicht.

Ich arbeitete daran, magnetische Stränge zu entwirren, die sich bei den letzten heftigen Blitzeinschlägen, wie sie auf Cygron häufig vorkamen, verwickelt hatten, als mich die Nachricht über meine Berufung überraschte. Mein Einsatz stand unbeeinflussbar fest. Ich würde an der Erdmission teilnehmen und es war irrelevant, ob ich dies wollte oder nicht.

Um mich ausreichend auf die Mission vorzubereiten, sollte ich an einem Trainingsprogramm teilnehmen und meine eigentliche Arbeit jemand Anderem überlassen, Das gefiel mir nicht und es beschlich mich das Gefühl, dass die Aufgabe, die ich bei diesem Einsatz haben würde, wohl eher von unangenehmer Natur sein würde. Ansonsten hätte es sicher genügend andere, besser geeignete Bewerber gegeben.

Außenmissionen boten eine gute Möglichkeit, um Anerkennung und Auszeichnungen zu ernten, wenn man danach strebte und das taten nicht Wenige. Welchen Grund konnte es geben haben, mich auszuwählen?

Während des Trainingsprogramms wurde mir klar, warum dieser Platz nicht sehr begehrt war. Ich würde einige Tage auf der Erde verbringen, wobei ich vom Planeten selber so gut wie nichts sehen würde, da meine Einsatzgebiete unterirdisch liegen würden.

Sie hatten mich des Kletterns wegen ausgewählt und weil ich weiblich war. Es dauerte einige Zeit, bis sich meine Wut darüber wieder etwas legte. Wenn es meine Intelligenz gewesen wäre oder meine Kenntnisse über die magnetischen Stränge, hätte mich das sicher mit Stolz erfüllt aber wegen meines Geschlechtes ausgewählt zu werden, darauf konnte ich nicht stolz sein.

Meine Schnelligkeit, Ausdauer und meine außerordentliche Begabung im Klettern hatten mich interessant gemacht. Die männlichen Cygronier waren zu groß und zu schwer, um im Klettern mit mir mithalten zu können.

Anders als auf Cygron, würden die Höhlen auf der Erde feucht sein, was das Klettern erschwerte und vielleicht eine Herausforderung bedeutete.

Sie trauten mir diese Aufgabe zu, aber meine Enttäuschung blieb spürbar.

Ich würde insgesamt über zwei Jahre in einem Raumgleiter unterwegs sein, um dann einige wenige Tage auf einem fremden Planeten zu verbringen, von dem ich so gut wie nichts sehen und dessen Bewohnern ich nicht begegnen würde. Das war wohl eine von den weniger interessanten Aufgaben, die mir, trotz meiner Jugend, zugewiesen wurden.

Es sollten noch andere Planeten besucht werden, um seltene Rohstoffe auszutauschen und Verhandlungen zu führen aber diese Planeten würde ich nicht betreten. Dafür gab es speziell ausgebildete Teilnehmer unserer Mission und ich wurde nicht darüber informiert, wer welche Aufgaben ausführte.

Das einzig wirklich Interessante für mich sollte sich auf dem Rückweg ereignen. Wenn wir unsere Galaxie wieder erreichten, würden wir noch den Planeten Velon ansteuern, mit dessen Bewohnern, den Quards, wir eine gemeinsame Forschungsstation betrieben. Auf Velon würden wir uns einige Zeit aufhalten und ich war gespannt auf die Quards.

Es ist eine äußerst intelligente Spezies, diese Quards. Ihr schuppiges, etwas gewöhnungsbedürftiges Aussehen finden viele Cygronier sogar recht hässlich. Sie sind nur etwa halb so groß wie wir, wobei die körperliche Größe keinerlei Aussagekraft über die Intelligenz eines Wesens hat.

Ich bin allerdings noch nie einem Quard persönlich begegnet, da sie ihren Planeten nicht verlassen können. Sie sind Lungenatmer, verbringen aber die meiste Zeit im Wasser und haben legendäre Wasserstädte gebaut. Diese zu besichtigen, würde mich für die lange Reise und die langweilige Arbeit entschädigen.

Die Quards machten mich neugierig und ich konnte mir selber ein Bild davon machen, ob ich sie hässlich finden würde oder nicht.

Manchmal muss sich das Auge auch erst an etwas Fremdes gewöhnen, bevor es möglich ist, auch vorher hässliches, als angenehm anzusehen.

Mein Ausbilder erläuterte mir die Wichtigkeit meiner Aufgabe und das Ansehen, dass damit einherging, was nichts daran änderte, dass es alles andere als ein interessanter Arbeitseinsatz werden würde.

Ich musste den Verbund verlassen, in dem ich zusammen mit sieben anderen, lebte und ich musste die Cygronier verlassen, denen ich vertraute.

Ich würde meinen Freund Gesson vermissen. Meinen besten Berater, der es mit seiner Aktivität schaffte, meine gewohnte Ruhe und Ordnung zu stören.

Er war der Einzige, dem ich das auch erlaubte. Er erzeugte Spannung, wo immer er auftauchte und mit ihm würde diese Mission ein Abenteuer werden.

Gesson hätte einiges dafür gegeben, um selber mitfliegen zu dürfen, aber er würde es nicht lange auf dem Raumgleiter aushalten. Es wäre ihm unmöglich, die dafür nötige Disziplin aufzubringen. Für einen Cygronier verhielt er sich ungewöhnlich unruhig.

Otis rang mir ein Versprechen ab, auf das ich mich einließ, woraufhin er mir seine Zuneigung gestand. Seine, für einen Cygronier, ungewöhnliche Sensibilität, machte ihn so besonders für mich.

Er versprach mir ebenfalls, vorausgesetzt, dass ich wie geplant zurückkomme, seine erste Partnerschaft mit mir zu bilden.

Wir wären dann alt genug, geschlechtsreif und die Zeit für eine erste Partnerschaft und den ersten Nachwuchs ideal. Wenn sich neue Partnerschaften bilden, löst sich der Verbund auf und es entstehen neue Gemeinschaften.

Ich würde hier einiges verpassen und auch diese Vorstellung gefiel mir nicht.

Sicher hätte Otis andere Bewerberinnen, die seine, für einen Cygronier, seltene Sensibilität gegenüber anderen, ebenso schätzen wie ich oder seine Fähigkeit, den Lichtbändern außergewöhnlich schöne Musik zu entlocken.

Gesson hatte darauf bestanden noch einmal gemeinsam mit mir zu den Sümpfen zu gehen, in denen sich, wegen ihrer Abgeschiedenheit und ihres unangenehmen Geruchs, meist niemand aufhielt.

Die Sümpfe boten für uns immer einen guten Ort des Rückzugs. Wir fühlten uns unbeobachtet und verhielten uns dementsprechend. Die Sümpfe befanden sich in vulkanischem Gebiet und die großen Blasen, die sich auf ihrer Oberfläche bildeten gepaart mit dem ununterbrochenen leichten Blubbern des schwefelhaltigen Wassers, erzeugten eine für uns überaus spannende Atmosphäre.

Durch die überhängenden Gesteinsformationen, die eine natürliche Begrenzung der Sümpfe darstellten, erhöhte sich die Konzentration des Schwefels in den Dämpfen. Der Schwefel hielt sich zäh in den Nebeln unter den Felsvorsprüngen und stieg nur langsam nach oben.

Es war ein dicker, undurchdringlicher Nebel, der über den Sümpfen schwebte und alles andere wurde inmitten dieser feindlichen Nebeldämpfe schnell unwichtig. Die meisten Cygronier mieden die Sümpfe, da die Dämpfe, bei längerem Aufenthalt, zu Bewusstseinstrübungen, Übelkeit und Lähmungserscheinungen führen konnten.

Gesson und ich trugen eine Art Wettkampf aus und es verlor derjenige, der die Sümpfe zuerst verließ. Ich hatte keine Chance. Gesson war ein Kämpfer und er würde nicht zuerst aufgeben. Ich machte ihm jedes Mal klar, dass es daran lag, dass ich intelligenter war als er und mein Leben nicht leichtfertig aufs Spiel setzte, woraufhin er ziemlich wütend wurde. Es funktionierte immer und ich beobachtete ihn gerne dabei, wenn er sich ärgerte. Wenn Gesson wütend war, konnte er sich schlecht kontrollieren und es schien, als ließe sein lautes Grollen die ganze Umgebung vibrieren.

Ich entfernte mich erst für eine Weile und gab ihm dann einen extra großen getrockneten Skorpion, dem er nicht widerstehen konnte. Wenn ich mit Gesson unterwegs war, hatte ich die Skorpione immer dabei. Es war die beste Möglichkeit, um ihn zu besänftigen.

Das Wettrennen zurück gewann Gesson ebenfalls. Er war ein schneller Läufer aber im Klettern würde er nie einen Vergleich gegen mich wagen, denn er wusste, dass er ihn verlieren würde und verlieren war nicht seine Stärke.

Ich erreichte immer kurz nach ihm das Ziel und wir stießen mit unseren Stirnplatten zusammen, was unter Cygroniern, ein Zeichen der Freundschaft darstellte.

Unsere Stirnplatte, ist unempfindlich und ebenso wie die Panzerplatte über unserer Brust- und Rückenpartie, bietet sie uns Schutz. Die Platten sind ringförmig angeordnet und sie sind, trotz ihrer Dicke, sehr flexibel. Auch unsere Haut ist um einiges dicker und nicht so verwundbar wie die anderer Spezies.

Wir haben uns an die starke Sonneneinstrahlung und die Hitze, die auf Cygron bestimmend sind, angepasst.

Cygron, mein Heimatplanet, entstand durch einen Kometeneinschlag, der ihn von seinem Mutterplaneten Exron, trennte. Der riesige Komet, der mit einer außerordentlichen Größe und Wucht einschlug, teilte Exron, in drei Teile.

Der größte der drei Teile, stabilisierte sich wieder in seiner bisherigen Umlaufbahn, gewann an Masse und für uns ist er weiterhin der Mutterplanet Exron. Auf Exron leben keine weiterentwickelten Arten, dafür sind die Bedingungen nicht gegeben. Natürlich existieren auf jedem Planeten Lebensformen, oder das, was man, unter wissenschaftlichen Gesichtspunkten, als Lebensformen ansehen würde. Wir nutzen die Metalladern, die das Gestein durchziehen und die einfacher abzubauen sind als die Adern auf Cygron, da sie sich näher an der Oberfläche befinden.

Der kleinste abgespaltene Teil des Mutterplaneten wurde ins All katapultiert, dessen Weiten ihn verschwinden ließen.

Cygron wurde in die nächste Umlaufbahn verschoben, die unserer Sonne näher war, er gewann ebenfalls an Masse, entwickelte sich aber zu einem bewohnbaren Planeten.

Wir Cygronier sind eine Mischrasse, entstanden aus Verbindungen der einheimischen Bewohner, mit einer Spezies, die vor vielen Generationen eine neue Heimat suchte. Ihren Heimatplanet, hatten sie durch kriegerische Auseinandersetzungen derart zerstört, dass sie zur Flucht gezwungen waren.

Auf ihrem Raumschiff lebten sie bereits in der vierten Generation und kein einziges Mitglied der Besatzung, hatte jemals wieder einen Fuß auf den Planeten gesetzt, den sie einst ihre Heimat nannten. Sie baten unsere Bewohner nicht um Erlaubnis, um auf Cygron leben zu dürfen.

Sie bemächtigten sich einfach eines Gebietes und da sie, sowohl über eine höhere Intelligenz, als auch über weiterentwickelte Fähigkeiten verfügten, übernahmen sie mit der Zeit die Herrschaft über unseren Planeten.

Es wurden Verbindungen eingegangen und wir vermischten uns, so dass eine neue Art entstand. Es lässt sich nicht mehr genau sagen, wie lange der Anpassungsprozess gedauert hat und wir widmen der Erforschung unserer Ahnen keine Aufmerksamkeit, da dies Teil der Vergangenheit und nicht mehr relevant ist.

Ganz selten kam es vor, dass wir in entlegenen Gebieten, auf Urcygronier stießen, die isoliert und unentdeckt lebten, doch ihre unterentwickelte Intelligenz und ihr Aussehen wirkten eher abstoßend.

Die Vermischung mit einer intelligenteren Rasse eröffnete uns Möglichkeiten, die uns sonst fremd geblieben wären. Keiner von uns möchte wohl zu diesem Urzustand zurück und in einer weniger fortschrittlichen Existenz sein Dasein fristen.

Einige Nachfahren der ursprünglichen Rasse leben immer noch frei in unzugänglichen Gebieten und wir lassen sie dort, da es zu mühsam ist, sie zu beaufsichtigen.

Sie sind von kleinerer Gestalt und wurden früher vereinzelt zur Materialentnahme in Engstellen ausgebildet, was sich aber als ineffizient erwies, da sie ohne ständige Kontrolle nicht arbeiteten. Ihre Unfähigkeit, in unserer Ordnung zu leben und zum Wohle aller zu handeln, machte sie für uns uninteressant.

Die Urcygronier bekämpften sich gegenseitig und trugen so selber dazu bei, dass sie ihren Bestand minimierten und wir starteten kein Rettungsprogramm für die Erhaltung ihrer Art.

Auf Cygron gab es immer wieder lange Zeiten der kriegerischen Auseinandersetzungen mit anderen Existenzen. Vor allem mit unseren Hauptfeinden, den Seranern. Sie hatten Cygron schon fast erobert aber es gelang uns, sie auf einen anderen Planeten auszusiedeln. Es hindert sie aber nicht daran, uns von Zeit zu Zeit erneut anzugreifen.

Sie zwingen uns dazu, unsere Verteidigung in Bereitschaft zu halten, da ihre Waffen hoch entwickelt sind, doch körperlich sind sie uns weit unterlegen.

Die Seraner sind eine listige, hässliche Spezies und die Vorstellung, dass sie es anstreben könnten, sich mit uns zu vermischen, um sich unsere körperlichen Vorzüge nutzbar zu machen, ist mehr als entsetzlich.

Cygron ist ein Masseplanet und beeindruckt jeden Besucher durch seine weitläufigen, mächtigen und hoch aufragenden Gebirgsketten mit ihren tiefen Schluchten. Seine Mächtigkeit lässt ihn, im Vergleich zu den ihn umgebenden kleineren Planeten, überaus dominant und wichtig erscheinen, was er für uns auch ist.

Im Laufe der Zeit veränderte sich unser Heimatplanet bedeutend.

Aus einem Planeten, der zur Hälfte aus Wasser bestand, hatte sich durch Hitze und die damit einhergehende Verdunstung des Wassers eine Oberfläche gebildet, auf der Gesteinsformationen überwogen.

Das Oberflächenwasser macht jetzt nur noch den Anteil von einem Drittel der Gesamtfläche aus und wir arbeiten mit großem Aufwand daran, diesen Anteil in seiner Größenordnung zu erhalten. Mittlerweile ist der größte Teil der Wasserfläche nicht mehr direkt der intensiven Sonneneinstrahlung ausgesetzt, sondern so abgeschirmt, dass das entstehende Verdunstungswasser den Wasserstand zumindest konstant erhält.

Einen Teil der Wasserfläche müssen wir der direkten Strahlung aussetzen, da sich dort spezielle Arten von Mikroorganismen und Lebewesen bilden, die ohne direkte Sonneneinstrahlung nicht lebensfähig sind.

Diese Mikroorganismen dienen der Herstellung fermentierter Nahrung, die einen wichtigen Teil unseres Überlebens auf dem Planeten darstellt. Die Qualität der Organismen nimmt allerdings von Jahr zu Jahr ab, was uns dazu antreibt, auch auf anderen Planeten, nach neuen Mikroorganismen zu suchen, um unsere Existenz zu sichern.

Wir richteten unterirdische Gewässer ein und die ständige Erweiterung dieser Anlagen, hat für uns sehr große Bedeutung.

Da die Temperatur in diesen, teilweise sehr tief liegenden Höhlensystemen, niedrig ist, sind wir immer auf der Suche nach neuen, anpassungsfähigen Bakterienstämmen.

Mein Einsatz bei unserer Mission würde fast ausschließlich dem Sammeln von Mikroorganismen und Kleinstlebewesen in unterirdischen Höhlensystemen der Erde dienen. Die zusätzlichen Aufgaben, für die ich auf dem Raumgleiter zuständig sein würde, betrafen hauptsächlich die Bereitstellung und Einteilung der Nahrungsversorgung.

Mein Ausbilder erklärte mir immer wieder, wie wichtig mein Einsatz für unsere Zukunft sein würde und dass ich stolz darauf sein sollte an der Mission teilzunehmen.

Der Gedanke dass ich mithelfen würde die Nahrungsversorgung auf unserem Planeten zu verbessern, machte mich natürlich stolz und es stand fest dass ich bereit war, die Erwartungen die in mich gesetzt wurden, zu erfüllen.

Es gelang mir einigermaßen, ein wenig Vorfreude zu entwickeln, vor allem auf die Reise durch eine fremde Galaxie und das Klettern in den Höhlen. Die Tätigkeiten hatten zwar nichts mit der Arbeit zu tun, die ich auf Cygron ausführte aber an lange Kletterwege war ich gewöhnt und ich befand mich in einer ausgezeichneten, sehr belastbaren Verfassung.

Das Training für die Außenmission bestand aus körperlichen Belastungstests und viel theoretischem

Wissen über unsere Ausrüstung, den Raumgleiter und über andere Planeten.

Ich durchlief das Training erfolgreich und der Termin für den Start des Raumgleiters rückte unaufhaltsam näher.

Gesson würde sich um Ogri, ein Haustier, das bei mir lebte, kümmern und ich hatte ihm mein Eigentum, zur Aufbewahrung, anvertraut.

Mein Teil des Felsenhauses, in dem wir gemeinsam lebten, würde leer stehen bis ich wieder zurückkehrte und es wurde Zeit, sich von den Mitbewohnern, mit denen ich im Verbund lebte, zu verabschieden und natürlich von Otis.

START DER MISSION

Der Start verlief, wie erwartet, problemlos. Wir flogen mit dem *Zelo-1*, was wörtlich Ringflieger bedeutet. Es stellte das neueste Modell der außergalaktischen Raumgleiter dar und seine Erbauer zeigten sich mächtig stolz darauf. Präsentiert wurde es uns erstmals während unserer Simulationsstunden im Training.

Die Konstrukteure hatten die Form so optimiert, dass die Belastungen für die Besatzung, sowohl beim Verlassen der Galaxie, als auch beim Anflug auf die Tunnel, weniger stark sein würden.

Von den außergalaktischen Modellen gibt es nur wenige Exemplare, da wir meist nur in unserer eigenen Galaxie unterwegs sind und sich hier die wesentlich einfacheren Gleiter für vier Insassen bewährt haben. Deshalb war es schon etwas Besonderes, dass ich die Gelegenheit bekam mit dem Zelo-1 fliegen zu dürfen.

Der Gleiter startete ringförmig aus einer Art Drehrampe, aus der er diagonal herauskatapultiert wurde. Er konnte auch aus anderen Positionen starten, gewann jedoch durch die Drehbewegung am schnellsten an Geschwindigkeit, die er noch dadurch steigerte, dass er seine Ringform nach dem Start zu einer Spirale öffnete.

Der spiralförmige Flug ermöglichte eine extrem schnelle Beschleunigung und mit zunehmender Geschwindigkeit wurden die Spiralbewegungen kleiner und schneller. Kurz vor dem Erreichen der Reisegeschwindigkeit löste sich die Spirale auf und der Raumgleiter nahm seine gerade Flugposition ein.

Diese Form des Starts wäre unmöglich, wenn die Besatzung die Kreisbewegungen mitmachen müsste, da sich zu große Fliehkräfte entwickeln würden.

Die Konstrukteure hatten eine Kapsel entwickelt, die sich in der Mitte des ringförmig startenden Gleiters positionierte und die sich nicht mit drehte. In dieser Kapsel hielt sich die Besatzung auf und dort befand sich auch die wichtigste Technik. Diese geniale Erfindung ermöglichte uns einen sehr antriebsstarken Start.

Ich hatte meine Bedenken, ob der Start so problemlos funktionieren würde. Ob es problemlos gelingen konnte, die Kapsel nach dem Abflug in den Raumgleiter zu integrieren und sie von ihrer nicht fixierten Lage im Inneren des Rings aufzunehmen. Das musste zeitgleich mit der Veränderung der Außenform geschehen, da sonst die Kapsel verloren gehen würde.

Aber meine Bedenken waren fehl am Platz und der Konstrukteur, der uns als Einziger seines Teams, begleiten durfte, zeigte sich von der Genialität des Gleiters restlos begeistert. Aufgrund seiner Begeisterung konnte ich allerdings erkennen, dass er sich vorher wohl nicht ganz so sicher war, ob die Konstruktion den Erwartungen standhalten würde.

Einige Turbulenzen waren zu spüren, während sich die Ringform zu einer geraden Form veränderte und ich konnte keinen Blick mehr auf Cygron werfen. Die Entfernung, die bereits kurz nach dem Start zwischen uns lag, ließ seine Lage nur noch erahnen und mich beschlich ein Gefühl, das ich bisher noch nicht kannte.

Zwei Jahre lang, würde dieser Raumgleiter mein Zuhause sein und es meldete sich eine gewisse Traurigkeit, gepaart mit dem Wissen, lange Zeit auf etwas verzichten zu müssen. Meinen Heimatplaneten hatte ich noch nie zuvor verlassen und die Weiten des Alls zu erleben, ihrer unermesslichen Größe, wenn auch nur ansatzweise, zu begegnen, würde eine phänomenale, unglaubliche Erfahrung werden, die sich mit Worten nicht beschreiben ließ.

Ich betrachtete farbenprächtige Wolken, weit entfernte Ansammlungen von Sternen und andere Flugobjekte, die uns, besonders am Anfang unserer Reise, begegneten. Wir würden an einer unzählbaren Menge anderer Planeten vorbei fliegen und hoffentlich, ohne feindliche Angriffe, wieder auf Cygron eintreffen.

Es wurde Zeit, dass ich mich den wirklich wichtigen Dingen zuwandte und mich meinen Aufgaben stellte.

Der Raumgleiter hatte die längliche, schmale Form eines Wurms angenommen, dessen einzelne Glieder flexibel beweglich miteinander verbunden waren.

Im vorderen Bereich hielt sich die, für die Technik, den reibungslosen Ablauf des Fluges und die Versorgung, verantwortliche Besatzung auf.

Anfangs hielt ich mich ebenfalls vermehrt in diesem Bereich auf, da er die beste Sicht nach Außen gewährleistete und die technischen Anlagen mein Interesse weckten.

Im Anschluss daran lag der Versorgungstrakt für die Nahrungsaufnahme mit dem einzigen Raum, der groß genug war, um den versammelten Mitgliedern der Mission darin Platz zu bieten. Die Quartiere der acht Besatzungsmitglieder und der zwanzig Mitarbeiter für die Forschung befanden sich danach, nebeneinander aufgereiht, zu beiden Seiten des Ganges. Sie waren in ihrer Größe sehr knapp bemessen.

Im letzten Drittel waren sowohl die Forschungslabore angesiedelt, als auch Lagerplätze, ein Raum für das Körpertraining und auch die Quarantänestation. Das Platzangebot des Raumgleiters war nicht größer, als unbedingt erforderlich und ich hatte Schwierigkeiten, mich daran zu gewöhnen. Auf Cygron arbeitete ich überwiegend im Freien und die eingeschränkte Bewegungsfreiheit im Gleiter beengte mich. Ich verbrachte viel Zeit in dem Raum für das körperliche Training. Dort konnte ich meine überschüssige Energie größtenteils abbauen.

Die Arbeit im Forschungslabor empfand ich als eintönig und sie bestand hauptsächlich darin, Reinigungsarbeiten durchzuführen und Nährböden für die Mikroorganismen und Zellkulturen anzulegen.

Unser Einsatz umfasste verschiedene Gebiete. Einige lagen unterirdisch, andere aber auch oberhalb, auf der Erde.

Da wir nachtaktiv sind, würden wir auch auf der Erde nachts arbeiten, um die Anpassungsschwierigkeiten gering zu halten. Außerdem hatten wir die strikte Anweisung, eventuelle Schwierigkeiten ernst zu nehmen und Infektionsrisiken unbedingt auszuschließen.

Der Gedanke an das mögliche Risiko einer Infektion mit unbekannten Keimen erfüllte mich mit Unbehagen. Ich wusste, dass auf der Erde eine unzählbare Vielfalt an Mikroorganismen lebte, aber vielleicht würden es noch viel mehr sein, als wir erwartet hatten und einige von ihnen waren sicherlich feindselig.

Auf der Erde existierten sehr viele unterschiedliche Lebensformen, die für uns aber keine Relevanz hatten. Wir interessierten uns nur für reproduzierbare Lebensformen bis zu einer bestimmten Größe. Mikroorganismen, Bakterien, Algen und andere Vertreter dieser lebenswichtigen Gattungen.

Von vielen Spezies werden sie unterschätzt. Sie haben die Wichtigkeit dieser Kleinstlebewesen noch nicht ausreichend erkannt und zudem sind sie meistens nicht sehr beliebt.

Die Mikroorganismen, die wir untersuchen werden, haben einen unschätzbaren Wert für die Erhaltung des Lebens. Sie dominieren das Leben auf einem Planeten und sind, zahlenmäßig, allen anderen Lebensformen weit überlegen.

Auf vielen anderen Planeten, die von Cygroniern besucht wurden, lebten ausschließlich Formen von Mikroorganismen und es existierten gar keine größeren Arten.

Auf der Erde wird es den Menschen durch die Tag und Nacht präzise arbeitenden Mikroorganismen erst ermöglicht zu leben und anscheinend sind sie nicht überwiegend feindlich und erlauben den Menschen ihre Existenz. Ob sich die Menschen dessen bewusst sind, erfuhr ich nicht. Wir wissen jedoch, dass die Dinge immer wichtiger werden, je kleiner sie sind.

Während der meisten Zeit, war es erlaubt, dass wir uns auf dem Raumgleiter frei bewegten. Nur beim Durchfliegen der Tunnel kam es zeitweise zu Turbulenzen, die eine Fixierung der Besatzung erforderlich machten.

Die Tunnel sind unsere Reisewege. Es ist nicht einfach sie zu passieren aber sie ermöglichen uns Reisen zu unternehmen, für die ansonsten oft tausende von Jahren nötig wären.

Wir können nicht jeden Ort in einer fremden Galaxie, erreichen, denn dazu ist es Voraussetzung, dass sich dieser, strategisch so günstig, in der Nähe eines Tunnels befindet, wie es bei der Erde der Fall ist.

Der Raumgleiter wurde für die Tunnelflüge mit einer doppelten Hülle ausgestattet. Die innere, sehr feste Hülle umschloss die Räumlichkeiten. Die äußere Hülle war flexibel und so konstruiert, dass sie den Umfang des Gleiters, bis auf das Minimum, verringern konnte. Beim Flug durch einen Tunnel bedeutete ein geringerer Umfang auch weniger Turbulenzen.

Zwischen den beiden Hüllen verhinderte eine gallertartige Masse, dass sie sich berührten und sie dämpfte, durch ihre Trägheit, Stöße von außen ab.

Eine Herausforderung bedeutete auch der Galaxienwechsel, da große Energieverschiebungen an den Rändern der Galaxien bestehen, was an der Außenhülle des Flugobjekts zu starken Reibungen führt und die Besatzung einigen Turbulenzen aussetzt. Oft führen diese dazu, dass unangenehme körperliche Anpassungsschwierigkeiten, wie Schmerzen, Übelkeit und Schwindel auftraten oder sich ein zeitweiliger Kontrollverlust der Körperfunktionen zeigte.

Alle Forschungsmitarbeiter hatten deshalb die Anweisung sich während des Galaxienwechsels in einen Schlafzustand zu versetzen und an den Gehirnwellenmediator anzuschließen. Ich hielt das für eine sinnvolle Maßnahme, da sie auch den Erhalt unserer Leistungsfähigkeit für den wichtigen Forschungseinsatz gewährleisten würde.

Der Gehirnwellenmediator stellte eine eine geniale Erfindung dar und er fand auf Cygron häufig Verwendung. Das Gerät wurde ursprünglich nur dazu genutzt falsche Verknüpfungen des Gehirns wieder zu ordnen. Mittlerweile befand sich fast jeder Cygronier im Besitz eines Mediators.

Der Mediator führt zu einer schnellen Entspannung, da er direkt die Gehirnwellen beeinflusst und unsere Regenerationsfähigkeit enorm unterstützt. Je nach Programmierung arbeitet er sehr individuell und ist für uns ein wertvoller Helfer geworden.

Mir hilft er beim Einschlafen, wenn ich die Unordnung in meinen Gedanken nicht selber ordnen möchte oder wenn ich in einem Denkprozess stecke, der viel Zeit in Anspruch nehmen würde, wenn ich ihn selbst zu lösen versuchte. Der Mediator löst die Verwicklungen für mich auf und ordnet meine Gehirnverknüpfungen.

Sogar Ogri, mein kleines Haustier, bettelte mich oft darum an, ihm den Mediator anzulegen, was mir zeigte, dass er wohl ebenfalls über ein gewisses Denkvermögen verfügte.

Mit der Zeit stellte sich eine Art Routine ein. Ich begann mich auch für die anderen Mitglieder der Forschungsreise zu interessieren, denn vielleicht verfügten sie über hilfreiches Wissen für meine Arbeit.

Die Forschungsmitarbeiter stellten sich als Einzelgänger heraus und an Unterhaltungen, die weder ihre Arbeit noch die Technik betraf, zeigten sie sich nicht sonderlich interessiert.

Omgran, das für mich zuständige Besatzungsmitglied, zeigte sich dagegen sehr gesprächig und er erzählte mir von seinen zahlreichen Reisen.

Die gesamte Besatzung hatte eine langwierige und anspruchsvolle Ausbildung durchlaufen. Als Flieger hatte Omgran sich seiner Berufung verschrieben und er verbrachte nur noch selten Zeit auf Cygron.

Omgran hatte seine Ausbildung im Alter von zehn Jahren begonnen und seitdem ist er, in den Weiten des Alls unterwegs. Er ist Spezialist für außergalaktische Flüge mit mehrjähriger Dauer und betritt Cygron ausgesprochen selten. Das Fliegen stellt seinen Lebensinhalt dar und er interessiert sich nicht mehr dafür, was auf Cygron passiert, sofern es nicht seine Arbeit betrifft.

Auf meine Frage, ob ihm der Raumgleiter auf Dauer, nicht zu eng würde, reagierte er mit großem Unverständnis. Er ist der festen Überzeugung, dass für jeden, der die unendlichen Weiten des Weltraums jemals kennengelernt hat, ein einziger Planet keine große Anziehungskraft mehr besitzen kann.

Er fühle sich auf Cygron nicht mehr heimisch, versicherte er mir. Er sehe sich mehr als Reisender und sein Zuhause sei das jeweilige Flugobjekt, mit dem er gerade unterwegs ist.

Omgran zeigte eine Vorliebe für die Tunnel, er liebte die rasende Geschwindigkeit und die Kräfte, die in ihnen herrschten. Seine Versuche, in mir etwas Leidenschaft für die Tunnel zu wecken, zeigten allerdings wenig Erfolg.

Die enorme Geschwindigkeit, mit der wir fast durch die Tunnel gesogen wurden, ließ die Umgebung an uns vorbeirasen und für untrainierte Augen war es schier unmöglich irgendetwas genauer zu erkennen. Ich empfand es als enorm anstrengend und ermüdend die Umgebung unter diesen Umständen zu betrachten und hielt mich deshalb wieder bevorzugt im hinteren Teil des Gleiters auf, der wenig Sicht nach außen bot.

Die Enge des Raumgleiters begünstigte das Auftreten von Konflikten, ob gewollt oder nicht, so waren sie scheinbar doch unvermeidbar.

In Konflikte lies ich mich nicht verwickeln. Ich habe die Fähigkeit sie zu durchschauen, während sie entstehen und es bereitet mir Vergnügen andere bei ihrem Streit zu beobachten. Deshalb gehöre ich auch nicht zu den Schlichtern, die in einem Konflikt vermitteln.

Ich hoffe eher, dass sich ihr Eintreffen verzögert und es mir möglich ist ein natürliches Ende des Konflikts zu erleben, ohne ein Eingreifen von außen. Das halte ich für spannender und auch für sinnvoller, da ein Eingreifen von außen oft nur zu einer späteren Wiederholung der Auseinandersetzung führt.

Für die Mission war es am effektivsten, wenn jeder Forschungsmitarbeiter alleine arbeitete. Jeder hatte sich auf seinen eigenen Einsatz und auf mögliche Schwierigkeiten vorbereitet.

Unsere Mission sah einen Kontakt mit den Menschen nicht vor, aber natürlich waren wir auch darauf vorbereitet. Sprachmuster zu erkennen ist kein großes Problem für uns.

Wir können sie analysieren und es ist uns möglich auch sehr fremdartige Frequenzen mit einem Sprachumwandler einzustellen und Schallwellen anzupassen.

Es ist immer hilfreich sich mit fremden Existenzen verständigen zu können und absolut notwendig, wenn diese nicht in friedlicher Absicht unterwegs sind, denn je feindlicher die Absicht eines Fremden, desto wichtiger wird die Verständigung. Ein Missverständnis kann viele Leben kosten und ganze Arten vernichten

Es war nicht vorgesehen, dass wir mit den Menschen kommunizierten, dazu hatten wir keinen Anlass und es würde unseren Aufenthalt nur unnötig verlängern. Wir konnten von den Menschen nichts lernen und wir waren nicht daran interessiert sie zu unterrichten.

Für den Fall, dass sich trotz unserer Tarnung, Komplikationen mit einem Menschen ergaben, würden wir eine Betäubungswaffe mit uns führen. Die kleine, sich selbst auflösende Kapsel richtet keinen großen Schaden an.

Die Bewusstlosigkeit, die sich umgehend einstellt, nachdem die Kapsel die Haut durchdringt, dauert einige Stunden und verursacht nur einzelne Gedächtnislücken.

Zudem gibt es die Möglichkeit einer kurzfristigen Fixierung eines Angreifers durch eine Schockwelle. Sie gleicht einem Blitzschlag und unterbricht kurzzeitig die Nervenfunktionen.

Es war keinesfalls so, dass wir ein Zusammentreffen mit den Menschen fürchteten aber laut unserer Informationen war die Spezies Mensch unberechenbar und sie würden uns mit großer Wahrscheinlichkeit angreifen. Zumindest würden sie versuchen uns von der Probenentnahme abzuhalten und unsere Mission zu stören.

Das Einfachste war es, sie zu ignorieren. Sie können unsere Tarnung nicht durchschauen und von unserer Anwesenheit würden sie nichts bemerken.

Der Raumgleiter würde sich außerhalb der Erdatmosphäre getarnt aufhalten und seine Position nicht verlassen. Seine Abschirmfunktion machte ihn optisch unsichtbar.

Je länger unsere Reise dauerte, desto unruhiger wurde ich. Unzählige Male kontrollierte ich die Ausrüstung für die Erde, die winzigen Probenbehälter und die Materialien, die an Bord bleiben würden.

Meine Vorbereitungen hatte ich abgeschlossen und ich war froh, als wir endlich den Galaxienrand erreichten.

Omgran benachrichtigte mich rechtzeitig, so dass ich mich in den Schlafzustand versetzen konnte, bevor die Turbulenzen einsetzten.

Ich bekam nichts vom Galaxienwechsel mit und es umgab mich eine gespenstische Ruhe, als Omgran mich weckte und mir bewusst wurde, dass wir uns, wenn alles nach Plan verlaufen war, in einer anderen Galaxie befanden.

Die Turbulenzen waren vorerst beendet und der Gleiter flog ruhig. Wir hatten unsere Heimatgalaxie verlassen und ich empfand den Gedanken, dass wir uns in einer fremden Galaxie befanden, überraschend beunruhigend.

Bis zu den nächsten Tunneln, die wir passieren mussten, um der Erde näher zu kommen, würde noch einige Zeit vergehen und ich wollte diese ruhige Phase zum Studieren der mir fremden Galaxie nutzen. Omgran beantwortete meine Fragen bereitwillig und er gab sein Wissen gerne an mich weiter. Ich hielt mich jetzt oft in seiner Nähe, im vorderen Bereich des Raumgleiters auf, bis wir die Tunnel erreichten, die uns der Erde näher brachten.

Omgran versuchte wiederholt, in mir etwas Begeisterung für die Tunnelflüge zu entfachen aber ihre Betrachtung strengte mich zu sehr an. Die Umgebung, die durch die großen Sichtfenster bedrohlich nahe vorbeiraste, vermittelte mir permanent das Gefühl, dass sie mich einsaugen und nie wieder freigeben würde.

Alles begann vor meinen Augen zu verschwimmen und mir fehlte das Training um derartigen Eindrücken standzuhalten.

Ich hätte gern mehr von der fremden Galaxie gesehen, die wir durchflogen aber das blieb ein Wunsch. Die Tunnel ermöglichten uns die Reise aber sie verwehrten uns gleichzeitig auch den Blick auf die Außenwelt. So boten die Tunnel aber auch einen Schutz vor feindlich gesinnten Bewohnern der Galaxie, denen wir gar nicht erst begegneten.

Angriffe im Tunnel waren sehr unwahrscheinlich, da die Technik der meisten Spezies mit dem Durchfliegen schon an ihre Grenzen stieß und damit mehr als ausgelastet sein dürfte.

Für unsere Besatzung erledigte die Technik das Erkennen von Hindernissen und die Berechnung der optimalen Flugbahn und sie mussten sich darauf verlassen. Für das Auge kamen die Hindernisse zu schnell. Es konnte sie zwar wahrnehmen aber für eine Reaktion blieb keine Zeit.

Der Tunnel schien uns auszuspucken, als wir das Sonnensystem der Erde erreichten und die aktivierte Tarnung verlangsamte den Flug etwas, was mir endlich auch wieder die Möglichkeit gab, die Umgebung genauer zu betrachten.

Meine Vorbereitungen waren abgeschlossen und ich ließ mir, auf dem letzten Stück der Reise, von Omgran überlieferte Geschichten über die Erde erzählen.

Er war ein begabter Geschichtenerzähler, aber seine Geschichten hörten sich wie eine Mischung aus Wahrheit und Phantasie an und ich bezweifelte, ob er es beherrschte das Eine vom Anderen exakt zu trennen.

Ich wurde etwas unruhig bei dem Gedanken, dass ich meine Aufgabe alleine durchführen musste. Vor einem Jahr hatte es mir nichts ausgemacht alleine zu arbeiten. Ich war daran gewöhnt in unwirtlichen Gebieten tagelang alleine zu sein und ich genoss die Einsamkeit.

An Bord bot nur die eigene, beengte Kabine, deren Vorraum ich mir mit einem anderen Forscher teilte, wirkliche Ruhe. Scheinbar hatte ich mich, mehr als erwartet, an die Gesellschaft mit den anderen Cygroniern gewöhnt.

Der Raumgleiter bezog seine Position außerhalb der Erdatmosphäre, wo er die nächsten zwölf Tage, bis zu unserer geplanten Rückkehr, verbleiben würde.

Wir bekamen letzte Anweisungen und auch das Versprechen, dass jeder, egal in welcher Verfassung, wieder zurück nach Cygron käme. Jeder würde, nach Beendigung seiner Mission, wieder zurück transferiert werden und wenn es notwendig wäre, konnte sich jeder Forscher auch schon vorher wieder auf den Raumgleiter holen lassen.

Wobei diese Möglichkeit eher theoretischer Natur war. Ein vorzeitiger Abbruch der Mission bedeutete das Eingeständnis der eigenen Unfähigkeit und diese ist keine Eigenschaft, die bei Cygroniern akzeptiert wurde.

Die Vorstellung, auf der Erde zurückgelassen zu werden, erschreckte mich und ich spürte Erleichterung über die Zusicherung des Rücktransfers.

Ich zog meine Ausrüstung an, die größtenteils aus technischen Geräten und einer Vielzahl an kleinen Kapseln für die Proben bestand, die ich nach und nach abzusenden hatte.

Ihre Anzahl war genau berechnet und mit dem Senden der letzten Probe würde mein Aufenthalt auf der Erde automatisch beendet sein.

Nahrung und Flüssigkeit hatte ich ausreichend zu mir genommen und durch unser exzellentes Speichersystem benötigte ich nicht unbedingt eine Nahrungsaufnahme während der Erdmission.

Trotzdem wurden mir, als Notration, kleine Einheiten in Kapselform zugeteilt, um Infektionen durch fremdartige Nahrung auszuschließen.

Mein Einsatzort würde ein kleines Landstück sein, das früher zu einer größeren Landplatte gehört hatte und nun komplett vom Meer eingeschlossen war. Die weit verzweigten, tief gelegenen Höhlensysteme machten es für einen Einsatz interessant.

Die Einsatzorte der anderen Forscher kannte ich nicht. Soweit ich wusste würden einige auch oberirdisch arbeiten und ich beneidete sie darum. Sie hatten die Möglichkeit mehr vom Planeten zu sehen als ich. Die Höhlen würden wenig Interessantes zu bieten haben und das Einzige, was mich aufmunterte, war die Vorstellung, dass ich ausgiebig Gelegenheit zum Klettern haben würde.

Die Anspannung aller Beteiligten zeigte sich spürbar und sie stieg merklich an, je näher wir unserem Zielort kamen. Selbst die Luft war zum Zerreißen gespannt, als wir unsere Positionen einnahmen.

Transferiert zu werden ist eine sehr interessante Angelegenheit. Während des Trainings durchliefen wir den Vorgang einige Male. Der Transfer ermöglichte uns die Entfernung, zwischen Raumgleiter und der Erde, in wenigen Sekunden zurückzulegen.

Von der Überwindung der Entfernung spürte ich nichts, allerdings hatte ich doch jedes Mal wieder das irritierende und sicherlich unbegründete Gefühl, etwas von mir sei unterwegs verloren gegangen.

Laut den Transferdaten und den Aussagen der Wissenschaftler würde ich vollständig auf die Erde und auch wieder zurück auf das Raumschiff transportiert werden.

Es sollte nichts von mir auf der Erde zurückbleiben; jedenfalls nichts, was messbar wäre.

DIE ERDE

Es herrschte Stille um mich. Ich stand auf dem Erdenboden und es dauerte einen Moment bis ich mich wieder vollkommen spüren konnte. Weiße, dicke Wolken zogen über mich hinweg und ein leichter Wind wehte, der ein Gefühl von Freiheit verströmte. Die Luft fühlte sich leicht an. Ohne Staub. Einfach nur ungewohnt leicht und kühl und sie trug eine Spur Salz mit sich.

Ich stand auf einer Anhöhe und konnte weit entfernt ein Gewässer sehen, das sich bis zum Horizont erstreckte und ein riesiges Wasserreservoir zu sein schien. Auf Cygron hatte ich bisher nur von der Sonne abgeschirmte Gewässer gesehen aber noch nie ein freiliegendes. Die Sonnenstrahlen konnten sich auf der Wasseroberfläche spiegeln und ich betrachtete die Wellen und die Bewegungen des Wassers.

Anders als ich es erwartet hatte, war mein erster Eindruck, den ich von der Erde bekam, keineswegs unangenehm.

Den Aufenthalt erschweren würde mir die Zusammensetzung der Luft, welche so leicht war, dass ich meinen Atem verlangsamen musste, um ihre Dichte zu erhöhen. Der Gegensatz zur schweren Luft im Raumgleiter war enorm und es würde ein paar Tage dauern, sich darauf einzustellen.

Die Anziehungskraft, die auf der Erde herrschte, erschien mir schwächer als auf Cygron und schwächer als die Kräfte, die auf dem Raumgleiter wirkten.

Kleine Flugtiere, die ab und zu einen Schrei von sich gaben, zeigten sich am Himmel, ansonsten herrschte eine angenehme Stille. Kein pfeifender Wind, wie er oft auf Cygron wehte, mitsamt dem Gesteinsstaub, den er mit sich trug. Keine größeren Flugtiere, die alles, was als Beute in Frage kam, attackierten.

Das klopfende Signal, das ich empfing, erinnerte mich daran, dass ich eine Nachricht an den Raumgleiter senden musste, die sicherstellte, dass alles planmäßig verlief. Ansonsten würde ich sofort wieder auf den Gleiter zurückgeholt werden.

Meine Tarnung hatte ich aktiviert, so dass ich optisch nicht zu erkennen war. Die Tarnung bestand nur aus einer optischen Täuschung, die für den Aufenthalt auf der Erde aber vollkommen ausreichte.

Sie bestand aus einer Art unsichtbarer Röhre, die mich im Abstand von einem Meter umschloss, mir aber volle Bewegungsfreiheit ließ. Die Röhre verschmolz scheinbar mit ihrer Umgebung und ein Mensch konnte sie nicht erkennen.

Tiere konnten uns mit ihren Sinnen natürlich trotzdem wahrnehmen aber von ihnen ging keine Gefahr für uns aus.

Für die Menschen reichte diese Art der Tarnung aus, das lernte ich während meiner Ausbildung. Dinge, die nicht mit bloßem Auge zu erkennen sind, werden von ihnen meist ignoriert oder zumindest mit großer Skepsis betrachtet. Sie haben es verlernt ihre Sinne einzusetzen, was unsere Mission vereinfachte.

Wenn sie auch nicht zu den besonders weitentwickelten Geschöpfen des Universums zählen, besitzen sie doch mehr als fünf Sinne. Omgran hat mir ein paar Geschichten über die Menschen erzählt, aber es kursieren auch unzählig viele Geschichten und Gerüchte über andere Spezies in den Galaxien. Für Omgran sind die Menschen nicht interessant. Er misst die Intelligenz einer Spezies allein daran, ob sie dazu fähig ist, sich im Weltraum fortzubewegen und welche Flugobjekte sie dazu nutzen.

Die direkte Gegend, in der ich mich jetzt befand, zeigte sich überwiegend steinig. Felsige Hügel mit teilweise sehr steilen Abhängen und jeder Menge hellgrauem, losem Geröll. Nur vereinzelt wuchs kurzes Grasgestrüpp auf den Hügeln. Es gab, wie auf Cygron, Einschnitte und Schluchten durch den Felsen, allerdings hatten sie eine geringere Größe.

Etwas entfernt zogen sich bis in den Horizont lange, grüne Hügelketten hin, aber sie würden für mich nicht wichtig sein. Ich bevorzugte die steinige Gegend, da sich die aufgestaute Wärme des Tages in den Steinen speicherte. Sie heizten sich von der Sonne auf und konnten mein Defizit an Körperwärme ausgleichen. Meine Ausrüstung gab mir zwar Wärme ab aber es war eine umgewandelte Wärme, die nicht die Qualität der Sonnenwärme hatte.

Ich würde nachts arbeiten und tagsüber, während meiner Ruhephase, die Sonnenstrahlung nutzen können.

Die Forscher hatten für meine Erkundung ein weitläufiges, größtenteils von den Menschen noch nicht erkundetes, Höhlensystem ausgesucht, das sich sehr lang ausstreckte. Ich würde nicht alle Höhlen in der kurzen Zeit meiner Anwesenheit erforschen können und einige Gänge waren zudem verschüttet oder zu eng für eine Erkundung.

Die Höhlen lagen tief und als Eingänge dienten oft senkrechte, steile Röhren, die das einzig wirklich Interessante der Mission zu sein schienen.

Für mich würde es ein Leichtes sein, an diesen senkrechten Wänden zu klettern. Die Lamellen an meinen Händen und Füßen wirken wie Sauger und gewähren mir auch an waagerechten Wänden eine sichere Haftung.

Meine aufgestaute Kraft konnte ich beim Klettern in den Tunneln endlich einsetzen.

Ich überprüfte die Lage der Höhleneingänge und meine Position auf dem Anzeigegerät, das Teil der Ausrüstung war, die ich bei mir trug. Ich hatte nur das wirklich Nötige dabei und alles integrierte sich in die Einheit meines Arbeitsanzuges, den ich nicht abzulegen brauchte.

Um sicherzugehen, dass sich keine Menschen in der Nähe aufhielten, scannte ich noch einmal die Gegend ab und näherte mich dem nächstgelegenen Höhleneingang.

Ich lief über die warmen, noch aufgeheizten Steine und die friedliche, ruhige Gegend milderte die innere Anspannung, die sich kaum noch kontrollieren ließ, etwas ab.

Die ersten Schritte auf der Erde kamen mir leichter vor als auf Cygron. Die schwächere Anziehungskraft der Erde machte sich deutlich bemerkbar.

Ich konnte mich nicht zurückhalten und rannte bis zum Höhleneingang. Am liebsten hätte ich laute Töne von mir gegeben aber ich beherrschte mich.

Der Eingang übertraf meine Erwartungen bei Weitem. In Form einer Röhre fiel er senkrecht nach unten ab und meine Augen konnten, erst nach einer kurzen Gewöhnung an die Dunkelheit, ein Ende erkennen.

Das Klettern würde das erste Aufregende seit langem werden und ich musste mich überwinden, trotz meines Übermutes, vorsichtig zu sein, da ich die Eigenschaften des Gesteins der Erde noch nicht kannte.

Es tat gut meinen Körper wieder in Aktion zu spüren und ich spürte, wie sehr ich das Klettern vermisst hatte. Am liebsten hätte ich den Abstieg wiederholt und wäre noch einmal nach oben geklettert, aber ich war nicht zum Klettern auf der Erde und ich wollte nicht unnötig Zeit verschwenden.

Die eigentliche Arbeit in den Höhlen erforderte keine größere Anstrengung, soweit ich mich nicht auf allen Vieren oder kriechend fortbewegen musste, was ich hasste. In einigen Gängen befand sich Wasser und das Gestein zeigte sich glänzend, glatt poliert. Ganz konnte ich das Wasser nicht meiden, da ich auch daraus Proben entnehmen musste aber da es in den Höhlen schon kalt genug war, empfand ich die Nässe als wirklich unangenehm.

Das Aufheizen in der Sonne erwies sich ebenfalls als unbefriedigend, da es in dieser Gegend häufige Wetterwechsel gab und Wolken, welche die Sonne verdeckten, häufig vorkamen. Ich versuchte trotzdem die Sonnenstrahlen so gut wie möglich zu nutzen. Die Kälte in den Höhlen kühlte mich immer wieder unangenehm aus und ich erhöhte die Stärke der Speicherwärme, die über meinen Anzug abgegeben wurde, mehrmals. Für unser wechselwarmes Naturell ist Wärme sehr wichtig, um gute Reflexe zu gewährleisten.

Während der ersten fünf Tage sammelte ich ausreichend Proben und sandte sie an den Raumgleiter. Das Gewicht meiner Ausrüstung erleichterte sich dadurch spürbar und ich fing langsam an, mich an die Umgebung zu gewöhnen.

Die Einsamkeit und die Ruhe, die in dieser abgelegenen Gegend herrschten, gefielen mir. Ich genoss es, meine Arbeit ohne Unterbrechungen erledigen zu können und noch nie hatte ich das Klettern als so befreiend empfunden. Ich war stolz auf mich und auf meine Arbeit, die ich bis jetzt zu meiner vollsten Zufriedenheit erledigt hatte.

Die sieben Tage, die noch vor mir lagen, würden kein Problem sein. Das dachte ich jedenfalls.

Ich beendete meine Arbeit für diesen Tag und kletterte über einen leichteren Ausstieg nach oben, als mich die intensiv strahlende Sonne blendete. Am Himmel standen keine Wolken und es schien ein Tag mit viel Sonnenstrahlung zu werden. Wenn ich Glück hatte, würde ich mich endlich wieder richtig aufheizen können, was ich als dringend nötig empfand.

Ich machte mich auf den Weg zu dem kleinen Bergsee, der sich in der Nähe befand. Ich hatte nicht vor ihn zu betreten aber in seiner Nähe hatte ich eine größere, bequeme Felsplatte ausgemacht, die ich für meine Ruhepause nutzen wollte.

Die Sonnenstrahlen des Tages würden mich aufheizen und das Wärmegerät laden. Ich wollte auf jeden Fall sicher sein, dass seine Leistung ausreichend war. Die Vorstellung, frieren zu müssen, beunruhigte mich.

Meine Tarnung schluckte allerdings einen gehörigen Teil der Sonnenwärme und ich beschloss, sie auszuschalten. Ich fühlte mich sicher in der einsamen Gegend und ich machte mir keine Sorgen darüber, ob sich ein Mensch hierher verirren würde.

Ich scannte noch einmal vorsichtshalber die Gegend ab und konnte, wie erwartet, nichts Verdächtiges erkennen.

Der Bergsee strahlte Ruhe aus und ich mochte den Anblick der, sich auf der Wasseroberfläche spiegelnden, Sonnenstrahlen.

Die Felsplatte, auf der ich mich ausruhte, befand sich teilweise unter einem Felsvorsprung, so dass ich von oben fast nicht zu erkennen war, aber trotzdem die Sonneneinstrahlung nutzen konnte.

Die Wärme ließ meine Glieder langsam weicher werden und ich fühlte, dass meine Reflexe wieder besser arbeiteten. Die Luft der Erde bereitete mir weiterhin Probleme und ich schätzte meine Leistungsfähigkeit wesentlich geringer ein als sie es auf Cygron war. Immer wieder wurde ich von einer mir bisher fremden Müdigkeit überwältigt.

Der Felsvorsprung, unter dem ich lag, würde mir ausreichend Deckung geben. Ich fühlte mich sicher und verschwendete keinen Gedanken mehr daran, dass ich meine Tarnung deaktiviert hatte.

BEGEGNUNG

Schritte weckten mich. Sie näherten sich schnell und mir würde nicht mehr viel Zeit bleiben, um mich zu entfernen. Ich scannte die Gegend und konnte ein Wesen erkennen, das sich zielstrebig näherte.

Es war ein menschliches Wesen und es war alleine. Ich kauerte mich an die Felswand, nahm die Betäubungswaffe aus meiner Ausrüstung und beschloss, mich einfach ruhig zu verhalten. Ich vertraute darauf, dass mich die Tarnung schützen würde. Sie reichte aus, um Menschen zu täuschen.

Zu spät realisierte ich, dass ich die Tarnung deaktiviert hatte und während der Mensch langsam näher kam, verharrte ich in einer Art Starre. Sein Anblick schockierte mich so sehr, dass sich meine Haut zum zerreißen spannte und ich mich darauf konzentrieren musste langsam zu atmen, um nicht die Kontrolle über meine Handlungen zu verlieren.

Mit lautem Gebrüll rannte es geradewegs in Richtung des kleinen Bergsees an dem Felsvorsprung vorbei, unter dem ich lag. Er war weniger behaart, als die Menschen auf den Bildern, die ich gesehen hatte, aber ich realisierte, dass es ein männlicher Vertreter dieser

Art war. Sein ganzes Wesen strahlte eine männliche Präsenz aus.

Ich hatte mich zu sicher gefühlt. Ich hätte niemals mit deaktivierter Tarnung in einen derart tiefen Schlaf verfallen dürfen.

Ein Fluggerät musste den Menschen hergebracht haben. Es konnte nicht anders möglich sein. Ich hatte die Gegend gescannt, bevor ich einschlief und der Scanner funktionierte ohne Fehler.

Für einen Moment sah ich ihm in die Augen. Sie waren von einem stechenden Blau und ein seltsames Gefühl machte sich breit, als dieses fremdartige Wesen so dicht an mir vorbei rannte.

Ich erstarrte vor Schreck und es dauerte einen ganzen Moment, bis ich meine Gedanken ordnen konnte.

Es erschien mir alles so unwirklich. Jede Faser meines Körpers fühlte sich sprungbereit an. Ich hatte einen Fehler gemacht. Meine Atmung ließ sich kaum noch kontrollieren und ich konnte mich nicht erinnern, jemals so irritiert gewesen zu sein. Niemals war mir auf Cygron ein derartiger Fehler passiert. Ich musste aufpassen. Die Erde schien mit ihrer dünnen Luft zum Leichtsinn zu verführen.

Er musste mich bemerkt haben, so dicht, wie er an mir vorbeigelaufen war, aber er blieb nicht stehen.

Ich aktivierte meine Tarnung wieder und entfernte mich leise, während ich ihn weiter beobachtete.

»Aaaahhhh« der Schrei, den er von sich gab, war laut und er schrie noch einige Worte dazu, die ich zwar nicht verstand aber er wirkte irritiert und verärgert. Er blieb stehen, zerschmetterte den Behälter, den er in der Hand hielt, an einem Felsen in seine Einzelteile. Die Flüssigkeit, die sich in dem Behälter befunden hatte, lief den Felsen herunter, während er zu überlegen schien.

Er drehte sich nach mir um und erst jetzt schien ihm sein Gehirn zu melden, was er gesehen hatte. Zum Glück konnte er mich, dank meiner Tarnung, nicht mehr erkennen, denn mein verächtlicher Gesichtsausdruck hätte ihn vermutlich noch mehr verärgert.

Ich wusste, dass Menschen für ihre Reaktionen länger brauchten als wir aber dass sie so langsam waren, erstaunte mich doch. Von dieser Spezies dürfte keine große Gefahr für mich ausgehen.

Die Bemalung, mit der er sein Gesicht bestrichen hatte, wirkte seltsam und ich fragte mich, ob er zu einer Art Urmensch gehörte, doch dafür schien er mir zu wenig behaart zu sein. Seinen kahlen Kopf hatte er mit Asche bemalt und in Kombination mit seinen blauen Augen bot er einen auffälligen Anblick.

Auf seiner Haut zeigten sich Wassertropfen. Die Bemalung fing an verzerrte Formen anzunehmen und an seinem Hals herunterzulaufen. Er schleppte einiges an Ausrüstung mit sich herum. Anscheinend hatte er einen längeren Aufenthalt geplant.

Sein Schreien verstummte und er sprach leise zu sich selbst. Es klang nach Angst und Unverständnis. Ich ging langsam ein paar Schritte rückwärts für den Fall, dass er mir entgegenlief aber er stand nur da, atmete laut und schnell und suchte mit den Augen verächtlich die Gegend ab. Er schien nach etwas Ausschau zu halten, das ihn ekelte.

Ich spürte Wut in mir aufsteigen. Ich musste vorsichtig sein. Wut ist schwer zu kontrollieren, wenn sie sich aufbaut und manchmal reicht ein vermeintlich kleiner Auslöser, um sie zu entfachen.

Er ballte seine Hände zu Fäusten, drehte sich abrupt um und rannte in die Richtung des Bergsees. Die Unebenheiten des Gerölls brachten ihn mehrmals zu Fall aber er stand jedes Mal wieder auf und rannte weiter.

Es wirkte, als wollte er sich vollständig verausgaben und er umrundete einige Male das Gewässer, wobei er abwechselnd rannte und sich dann auf die Knie fallen ließ. Die Steine ließen ihn straucheln und seine Bewegungen wurden langsamer. Sein Verhalten erschien mir rätselhaft.

Ich begann zu überlegen, was ich mit ihm machen sollte.

Er ergriff ein Holzstück, das er über seinem Kopf schwenkte und es schien mir, als würde er doch langsam müde. Ich beschloss zu warten bis seine Kräfte nachließen und beobachtete ihn weiter.

Seine Ausdauer war beachtlich für einen Menschen und er schien offensichtlich an körperliche Bewegung gewohnt zu sein. *Ich musste vorsichtig sein und durfte ihn nicht unterschätzen.*

»Aaaahhhh«. Er holte weit aus und schleuderte ein Holzstück in hohem Bogen ins Wasser. Er streifte sich einen runden Gegenstand vom Finger und schleuderte diesen ebenfalls, begleitet von einem durchdringenden Schrei, in den Bergsee.

Eine seltsame Kreatur dachte ich mir, als er plötzlich begann, sich ins Wasser zu stürzen und schließlich untertauchte. Ein Gefühl des Respekts befiel mich, da ihm das kalte Wasser anscheinend nichts ausmachte. Ich hätte nicht einen Körperteil freiwillig hineingesetzt.

Etwas an ihm erinnerte mich an Gesson, mit dem ich oft in den Sümpfen unterwegs war und der sich hin und wieder ebenfalls übermütig benahm. Gesson hätte seinen Spaß an dem Menschen gehabt.

Mich beschlich das Gefühl, dass ich für den Aufenthalt auf der Erde nicht ausreichend vorbereitet wurde und nichts hasste ich mehr als unvorhergesehene Ereignisse aber für Vorbereitungen war es jetzt eindeutig zu spät.

Der Mensch, mit dem ich es hier zu tun hatte, verhielt sich seltsam aber ich konnte nicht beurteilen, ob er sich normal verhielt.

Ich sollte mich von ihm fernhalten und meine Arbeit wieder aufnehmen. Die Vorstellung, dass sich vielleicht ausgerechnet unter den Mikroorganismen, die ich sammelte, eine äußerst wichtige Gattung befinden würde, trieb mich immer wieder aufs Neue an.

Die Menschen waren nicht der Anlass unserer Mission und für uns hatten sie keine Bedeutung.

Ich hatte nicht vor, gegen meine Anweisungen zu handeln und mich auf einen Kontakt mit ihnen einzulassen. Mein Befehl lautete, mich von ihnen fernzuhalten und ich wollte diesen auch befolgen.

Es würde reine Zeitverschwendung sein, sich noch länger hier aufzuhalten. Ich würde mir einen anderen, weiter entfernten, Ruheplatz aussuchen und den Bergsee meiden.

„Wie lange kann ein Mensch unter Wasser bleiben? ", überlegte ich, nachdem er nicht gleich wieder auftauchte.

Ich wusste es nicht, aber aufgrund seiner Abstammung schien klar, dass es nicht allzu lange sein konnte. Für uns stellte es kein Problem dar, längere Zeit unter Wasser zu bleiben und nach etwa zwanzig Minuten, zum Atmen an die Oberfläche zu kommen.

Ich hatte keinerlei Grund meine Zeit mit diesem scheinbar seltsamen Menschen zu verschwenden.

Trotzdem packte mich ein Gefühl der Neugierde, das wahrscheinlich meiner Jugend zuzuschreiben war.

Es waren nur ein paar Schritte bis zu dem kleinen Bergsee.

Die Oberfläche des Gewässers zeigte sich, trotz des langsam aufkommenden Windes, noch ruhig. Der See schien den Menschen regelrecht verschluckt zu haben und ich konnte keine Regung erkennen.

Wenn ich ihn finden wollte, würde mir nichts anderes übrig bleiben, als in das kalte Wasser zu springen.

Kein verlockender Gedanke. Es war eine sehr unangenehme Vorstellung, mir wegen der Suche nach einem Menschen die Körpertemperatur im kalten Wasser absenken zu lassen. Wieso schwamm er nicht? Es wurde Zeit, dass ich meinen Verstand benutzte. Ich sollte mich sofort entfernen um mit meiner Arbeit fortzufahren. Es gab keinen Grund mich noch weiter hier aufzuhalten.

Ich befand mich auf einem fremden Planet, mit seinen eigenen Geschehnissen und auch, wenn es mir seltsam erschien, hatte ich keinerlei Anlass mich in diese einzumischen.

Ich entfernte mich und lief zielstrebig über das lose Geröll in Richtung des nächsten Höhleneinstiegs. Es war unvermeidbar, dass sich dabei Steine lösten und den sanften Abhang hinunterrollten. Ich machte mir keine Gedanken über den Lärm, den die Steine verursachten. Der Mensch war untergetaucht, er würde mich nicht hören und ansonsten befand sich niemand in der Gegend.

Die Anspannung fiel langsam von mir ab, während ich den Höhleneinstieg hinunter kletterte. Jetzt erst realisierte ich, dass ich einem völlig fremden Wesen begegnet war. So fremd und andersartig, dass ich es nicht einschätzen konnte und ich fühlte mich erleichtert darüber, dass ich ihm nicht noch einmal begegnen musste.

Vermutlich war er ertrunken, dachte ich, aber ich würde es nicht erfahren, denn ich hatte nicht vor mich noch einmal in der Nähe des Bergsees aufzuhalten.

Das Höhlensystem umfasste insgesamt fast einhundert Kilometer an Höhlengängen und ich würde mit der Erkundung gut beschäftigt sein. Neben der Probenentnahme der Mikroorganismen, entnahm ich auch einige Gesteinsproben und kleine Teile der Gesteinsblumen, die sich gebildet hatten.

Die Gesteinsblumen hätten meiner Freundin Gera gefallen. Sie hatte einen Sinn für schöne Formen und ich dachte daran, ihr ein Bruchstück mitzubringen. Eine ganze Form passte nicht in den kleinen Probenbehälter, so dass sie sich mit einem kleinen Stück begnügen musste, falls es überhaupt erlaubt wurde, Forschungsmaterial zu persönlichen Zwecken zu verwenden.

Ich versuchte, mich mit Arbeit abzulenken und nicht weiter an den Menschen zu denken. Ich hatte mit seinem Ertrinken nichts zu tun.

In dem Gang, den ich mir ausgesucht hatte, befanden sich einige unangenehme Engstellen, die ich auf allen Vieren robbend durchkriechen musste. Stellenweise setzte ich den Laser ein, um die Steine zu zertrümmern, damit der Gang etwas breiter wurde und ich meine Ausrüstung nicht beschädigen würde.

Das half, änderte aber nichts daran, dass ich auf allen Vieren kriechen musste, was ich verabscheute. Ich war stolz darauf, aufrecht zu gehen und die Kriecherei erinnerte mich ständig daran, dass unsere Ahnen unterentwickelte, sich auf allen Vieren fortbewegende Echsen waren, mit denen ich mich nicht mehr identifizieren wollte.

Einige Stunden hatte ich mit dieser Art der Fortbewegung schon zugebracht und ich dachte daran umzukehren und mir einen anderen Gang zu suchen. Allerdings würde sich am Ende des Ganges eine Höhle mit einer tiefen Wasserstelle befinden, aus der ich Proben entnehmen wollte, und umzukehren, kam mir wie ein Aufgeben vor.

Ich fühlte mich getrieben und spürte eine aufkommende Wut, die mit jedem Meter größer wurde, den ich vorwärts kriechen musste. Alles machte mich auf einmal wütend. Die Luft in dem Tunnel, die feuchten Wände, der modrige Geruch und die Kälte. Vor allem die Kälte.

Die letzten Meter arbeitete ich verbissen und als ich die Höhle erreichte, konnte ich es nicht verhindern, dass sich meine aufgestaute Wut in einem lauten Schrei ihren Weg bahnte. Für einen Moment hatte ich die Kontrolle verloren.

Kontrolle kann beengend sein, das gebe ich zu, aber es war unangenehm sie zu verlieren.

Ich setzte mich und zwang mich langsam und gleichmäßig zu atmen, aber es dauerte eine ganze Weile bis ich mich wieder gesammelt hatte.

Für einen Augenblick dachte ich sogar daran, ein Notsignal abzugeben und mich zurück auf den Raumgleiter transferieren zu lassen. Aber das wäre ein Eingeständnis meiner Unfähigkeit gewesen und das wollte ich mir nicht erlauben.

Unfähigkeit ist eine Eigenschaft, die ein Cygronier nicht haben sollte und bisher hatte ich keine Bekanntschaft mit ihr gemacht. Erst auf der Erde trat diese Unfähigkeit auf und ich machte die äußeren Umstände dafür verantwortlich, keineswegs mein eigenes Wesen.

Ich war es gewohnt, meinen analytischen Verstand einzusetzen und ich brauchte Ordnung. Es war meine Aufgabe auf Cygron Vernetzungen zu untersuchen, zu reinigen und Ordnung zu schaffen und sie befriedigte mich sehr.

Ich schaffte es, mich zu beruhigen aber die Wut blieb. Sie schwächte sich ab, aber sie verschwand nicht. Es wurde Zeit, dass ich mich wieder mit den eigentlichen Aufgaben beschäftigte und nicht länger mit unwichtigen, gefühlten Störungen.

Die Höhle hatte größere Ausmaße, als erwartet. Durch eine Art Vorraum gelangte ich in die eigentliche, weit ausladende Höhle. Die Luft war kühl und die Wände feucht und glatt. Von der Decke hingen lange Gesteinsformationen, an denen Wassertropfen langsam herunter liefen.

In der Mitte der Höhle befand sich die tiefe Wasserstelle, die ich erkunden wollte. Beim Scannen des Höhlensystems fiel sie mir sofort auf und ich hoffte, wichtiges Material zu finden, damit sich die Mühe, den engen Gang zu bezwingen, auch lohnen würde.

Ich würde zwei Tage brauchen, um die Höhle komplett zu erforschen. Allein zur Erkundung der großen Wasserstelle würden mehrere Tauchgänge nötig sein und das würde alles andere als angenehm werden. Das Wasser war kalt, die Luft in der Höhle ebenfalls und ich hasste es, ausgekühlt zu sein. Unsere Bewegungen werden langsamer, wenn unsere Temperatur absinkt und einige Körperfunktionen arbeiten dadurch nur eingeschränkt.

Das in meiner Ausrüstung integrierte Wärmegerät konnte meine Temperatur beim Tauchen ausgleichen und trotzdem hatte ich Zweifel, ob die abgegebene Wärme ausreichen würde. Auf Cygron gab es keine kalten Gewässer.

Aber ich fühlte mich sicher in der abgelegenen Höhle und ich verschwendete keinen Gedanken daran, die Gegend noch einmal zu scannen, um auszuschließen, dass sich jemand näherte. Ich war zu sehr mit mir selbst beschäftigt, um meiner Umgebung die nötige Aufmerksamkeit zu schenken.

Den größten Teil meiner Ausrüstung legte ich neben der Wasserstelle ab, um sicher zu sein, dass sie trocken bleiben würde. Ich deaktivierte meine Tarnung, die im Wasser etwas störungsanfällig arbeitete und machte mich zum Tauchgang bereit.

Das Wasser fühlte sich ebenso kalt an, wie ich es erwartet hatte und ich erhöhte mein Arbeitstempo. Ich tauchte alle zwanzig Minuten auf, um Luft zu holen und arbeitete intensiv an der Probenentnahme.

Ich machte mir keinerlei Gedanken über andere Dinge, weder, was Cygron betraf, noch über den Menschen, dem ich begegnet war. Ich fixierte mich auf meine Arbeit und sie schien das Einzige, an das ich denken wollte.

Es ist eine Eigenschaft, die Fehler an sich haben. Sie zeigen sich immer erst im Nachhinein und das macht sie unsympathisch. Fehler sind feige, sie fürchten, dass man sie nicht richtig in Erscheinung treten lässt, wenn sie sich zu bald zeigen. Und sie suchen die Gesellschaft anderer Fehler, denn sie bleiben nicht gerne alleine.

DER MENSCH

Ich sah ihn sofort, als ich auftauchte.

Ich hatte meine Probenentnahme in der Wasserstelle fast beendet und kam zum Atmen nach oben.

Er machte sich an meiner Ausrüstung zu schaffen und das Licht, das er um den Kopf trug, erhellte seine direkte Umgebung. Gebückt drehte er meinen Scanner in seinen Händen und betrachtete interessiert die Funktionseingabe. Sein Gesichtsausdruck verriet mir, dass er mit den fremdartigen Zeichen nichts anfangen konnte.

Der Tauchgang hatte mich abgekühlt und ich überlegte, ob ich schnell genug aus dem Wasser kommen konnte, ohne ihm Zeit für einen Angriff zu lassen. Ich musste schneller sein als er, denn ich ging davon aus, dass er mich angreifen würde.

Ich spürte, wie ein Gefühl der Wut meinen Rücken hoch bis in den Kopf zog und meinen Körper zu äußerster Reaktionsbereitschaft spannte. Ich würde es nicht zulassen, dass er meine Ausrüstung zerstörte.

Trotz des glatten Randes an der Wasserstelle schaffte

ich es, mich unbemerkt hochzustemmen, um dann blitzschnell auf ihn zuzustürmen.

Mein Vorteil bestand darin, dass ich mich außerhalb des Lichtscheins befand und er mich nicht rechtzeitig sehen konnte, um zu reagieren. Zudem bewegte ich mich leise und ich wusste, dass ich schnell sein konnte.

Ich ließ ihm keine Chance zu reagieren, als ich sein Handgelenk quetschte, damit er den Scanner losließ.

Er riss seine Augen weit auf und sein Gesicht zeigte eine Mischung aus Angst und Überraschung, gepaart mit dem Schmerz, der von seiner Hand kam.

Reflexartig holte ich aus und ein gezielter Schlag, schleuderte ihn, mit dem Kopf voran, gegen den Höhlenboden, wobei das Licht erlosch, das er um seinen Kopf trug.

Die Wucht meines Schlages überraschte mich selbst. Ich hatte nie ein Kampftraining absolviert und niemals zuvor hatte ich körperliche Gewalt gegen ein anderes Wesen einsetzen müssen.

Wir sind eine körperlich starke Spezies aber keine feindselige. Sicher gibt es in jeder Art feindseligere, aggressivere Wesen, zu denen ich mich aber nicht zähle. Diese Art der Gewaltanwendung diente allein meinem Schutz.

Ein Funktionstest zeigte mir, dass der Scanner fehlerfrei arbeitete. Ich überprüfte meine Ausrüstung und stellte erleichtert fest, dass alles perfekt funktionierte .

Allein die Vorstellung, der Besatzung alle Einzelheiten erklären zu müssen, ließ meinen Atem stocken. Sie würden alle Details wissen wollen und Cygronier können unangenehm gründlich sein.

Ich hätte die Gegend noch einmal scannen müssen, bevor ich meine Ausrüstung ablegte und meine Tarnung deaktivierte, um sicher zu gehen, dass sich niemand in der näheren Umgebung befand.

Wie würden die anderen Teilnehmer der Außenmission wohl auf meine eigenmächtigen Aktionen reagieren? Sicher würden sie mein Verhalten verurteilen.

Es war einer unserer obersten Grundsätze, alles, was die Mission gefährdete, zu unterlassen. Eigenmächtige Entscheidungen, die die Mission störten, würden Strafmaßnahmen nach sich ziehen. Es durfte niemals jemand erfahren, was in der Höhle passiert war.

Vielleicht lag es an der Natur dieses Planeten, ihre Bewohner zum Ungehorsam anzustiften und ihrem normalen Verhaltensmuster zu entfremden.

Omgran meinte, Menschen handeln unlogisch und sie streben danach anderen Existenzen, die ebenfalls auf der Erde beheimatet sind, mit ihrem chaotischen Verhalten zu schaden. Sie sind Meister darin, eine Spirale der Unlogik in Gang zu setzen, die Unordnung bringt und die sie dann ihrer eigenen Dynamik überlassen, weil sie die Kontrolle verloren haben.

Ich hatte nicht vor mich von meiner Aufgabe ablenken

zu lassen; schließlich wurde ich, auf Grund meiner Fähigkeiten, zu dieser Mission ausgewählt und ich hatte noch nie jemanden enttäuscht.

Das Gefühl, ein Opfer des chaotischen Verhaltens der Menschen zu sein, irritierte mich und ich fühlte mich nicht darauf vorbereitet.

Die Tatsache, dass ich gegen die strikte Anweisung, die Tarnung nicht abzulegen, verstoßen hatte, ließ sich nicht leugnen und das nicht nur einmal, sondern zweimal.

Schon der erste Kontakt am Bergsee wäre mit aktivierter Tarnung reibungslos verlaufen. Der Mensch hätte mich nicht bemerkt und somit auch nicht verfolgt. Er hatte mich gezielt verfolgt, davon ging ich aus. Einen Zufall hielt ich für ausgeschlossen.

Die Steine, die sich gelöst hatten, als ich auf den Höhleneingang zu ging und die die Anhöhe hinab rollten, mussten mich verraten haben. Er hatte den Höhleneingang wahrscheinlich mit Hilfe eines Seils passiert. Ich hatte die Haken gesehen, die im Felsen angebracht waren, um ein Seil einzuhängen.

Nach dem Abstieg musste er sich für einen der beiden Gänge entscheiden und er wählte den richtigen. Anscheinend hatte ich Spuren hinterlassen, die mich verrieten.

Der Laser. Es konnte der Laser gewesen sein, der zwar geräuschlos arbeitete, aber das abgeschnittene

Gestein fiel nicht lautlos auf den Boden. Ich hatte mich zu sicher gefühlt.

Anscheinend war er aber noch nicht lange genug mit meiner Ausrüstung beschäftigt um Schäden anzurichten. Ich ging davon aus, dass er sie zerstören wollte und was er mit mir vorhatte, wusste ich nicht. Was sollte ich jetzt mit ihm tun?

Seine Kopfwunde blutete und das Blut lief auf den Höhlenboden. Ich schreckte davor zurück, ihn näher zu betrachten.

Ich hatte noch nie einen Menschen näher betrachtet und jetzt sollte es ein Mensch sein, der vielleicht nicht mehr lange leben würde. Noch dazu einer, den ich vielleicht getötet hatte. Aber es war keine Absicht gewesen. Ich hatte nicht die Absicht gehabt, ihn zu töten.

Es gibt eine Ordnung auf Cygron und jede Handlung hat ihre eigene Konsequenz. Alles hat eine Ursache und eine Wirkung. Manches bedarf einer bewussten Ordnung und manches regelt sich auf eigene Weise ganz von selbst.

Auf der Erde versucht der Mensch vielleicht diese Führung aus dem Gleichgewicht zu bringen. Allerdings lässt sich jede Ordnung nur kurz durcheinander bringen.

Sie ordnet sich selbst wieder in ihrer grenzenlosen Fähigkeit der Anpassung. Alles ordnet sich immer wieder.

Alle Cygronier glauben an die ordnende Führung, sie wird nicht in Frage gestellt; sie wird vorausgesetzt und akzeptiert.

Mein Leichtsinn würde seine Auswirkungen haben und diese wurden mir immer mehr bewusst, je länger ich mich damit auseinander setzte und meine Zukunft auf Cygron schien mir vorprogrammiert. Niemand würde mir mehr die Arbeit der Magnetvernetzung anvertrauen wollen. Sie würden meine Gehirnfunktionen überprüfen und vielleicht, zu meiner eigenen Sicherheit, meine Erinnerungen löschen. Es gelingt noch nicht ganz die Erinnerungen komplett zu löschen aber es würden nur vereinzelte Bruchstücke bleiben.

Irgendeine Arbeit würden sie für mich finden und ich konnte mir vorstellen, wie ich vermutlich isoliert, niederen Tätigkeiten nachging. Ich würde alles verlieren. Meine Freunde, mit denen ich lebte und die Arbeit, die als meine Berufung ansah. Gesson wäre vermutlich der Einzige, der dann noch zu mir hielt aber auch das erschien mir ungewiss. Meine Erinnerungen würden verloren sein und meine Zukunft. Vor allem meine Zukunft.

Vielleicht führte die Luft in der Höhle dazu, dass es mir an Stabilität fehlte. Es reichte nicht, dass ich meinen Atem verlangsamte.

Für einen Moment interessierte mich nicht mehr, was um mich herum geschah. Es spielte keine Rolle mehr. Noch nie hatte ich dieses Gefühl der Gleichgültigkeit empfunden und es fühlte sich fremd an. Noch nie hatte ich mich so nutzlos gefühlt und etwas in mir schien aufzugeben.

Meine Gedanken ließen sich nicht mehr fassen und die Höhle begann aus meiner Wahrnehmung zu verschwinden. Alles um mich herum begann sich aufzulösen und ich hatte das Gefühl, in einer Blase eingeschlossen zu sein, ohne Bezug zur Außenwelt.

Meine Ordnung wurde zerstört und meine bisherige Sicht der Dinge begann sich schleichend zu verändern.

Wie betäubt lag ich kauernd auf dem Boden und bemerkte nur, dass sich die verhasste Kälte zunehmend in meinem Körper ausbreitete.

Ich hatte einen Menschen getötet. Ich hatte fremdes Leben ausgelöscht, das ich nicht kannte. Es würde mir keine Ruhe lassen, ich konnte es spüren, dass es mir keine Ruhe lassen würde. Wie gelähmt lag ich auf dem Höhlenboden und alle Kraft schien, für einen Moment, aus meinem Körper zu weichen.

Ich musste eingeschlafen sein und erwachte, als mich ein kurzer, stechender Schmerz, der von meinem Hals ausging, aufschrecken ließ. Ich kannte das Gefühl, wenn Haut geöffnet wurde und sich ein dickflüssiger Blutstropfen verklumpte, um die Wunde sofort zu verschließen und ich fühlte, dass der Gegenstand, mit dem ich angegriffen worden war, noch in meinem Hals steckte.

Während der Mensch, mit einem dumpfen Schlag unkontrolliert auf den Boden sank, sprang ich abwehrbereit auf. Reflexartig zog ich den Gegenstand aus meinem Hals und drehte mich in Richtung meines Angreifers um.

Er lag bewegungslos auf dem Höhlenboden und das Licht, das er um seinen Kopf gebunden hatte, flackerte schwach und unruhig. Anscheinend hatte er mich mit letzter Kraft angegriffen, bevor ihn seine Kräfte verließen.

Ich betrachtete das Messer, das ich in der Hand hielt. Es hatte eine schmale, spitze Klinge aber für mich zählte nur, dass sie vollständig war.

Ein Teilchen davon, das in meiner Halswunde zurück blieb, konnte böse Entzündungen und Reaktionen der Abstoßung verursachen. Metall war ein Material, das in unseren Körpern nichts zu suchen hatte. Außerhalb unserer Körper verläuft ein Kontakt problemlos aber innerlich vertragen wir es nicht.

Ich ließ etwas Speichel auf meinen Finger laufen und rieb die Wunde damit ein. Über den Blutverlust brauchte ich mir keine Gedanken zu machen, denn unser Leitsystem repariert sich selbst.

Wir können uns keine Flüssigkeitsverluste, egal welcher Art, erlauben. Auslaufendes Blut beginnt sofort sich zu verdicken und wenn die Bahn, in welcher das Blut läuft, durchtrennt wurde, sucht sie sich sofort eine neue Verbindung. Der Speichel würde Keime eliminieren, die sich mit Sicherheit am Messer befunden hatten und die Wunde würde sich schließen.

Ich kniete neben den Menschen nieder. Das Messer, mit dem er mich zu töten versucht hatte, hielt ich noch in der Hand und das Einzige, was ich in diesem Moment empfand, schien Erleichterung darüber zu sein, dass er noch am Leben war.

Die Tatsache, dass er lebte, sprach mich von jeder Schuld frei und schien mir meine Zukunft wieder zu geben. Dass er versucht hatte mich zu töten, realisierte ich nicht sofort.

Das Wichtigste schien mir, dass er noch lebte und mir das Gefühl gab, dass sich meine Probleme auflösten. Das dachte ich zumindest. Er lag bewegungslos seitlich auf dem Boden und schien ziemlich schwer verletzt zu sein.

Ich überwand meine Abscheu und begann ihn näher zu betrachten. Er atmete flach und er schien ohne Bewusstsein zu sein aber es war mir nur wichtig, dass er überhaupt atmete. Über die Schwere seiner Verletzungen machte ich mir weniger Gedanken. Ich ging davon aus, dass sein Körper in der Lage sein würde, sich selbst zu regenerieren.

Vermutlich hatte er wirklich alle Kraftreserven für seinen Angriff mobilisiert, denn er zeigte keinerlei Regung. Er schien keine Schusswaffe bei sich zu haben, sonst wäre ich nicht mehr am Leben.

Ich beugte mich zu ihm und begann ihn langsam abzutasten, wobei sich das Material, aus dem seine Kleidung bestand, fremd anfühlte. Die Fasern hatten eine Verlaufsrichtung und anders als das Kautschukmaterial, das wir verwendeten, um unsere Ausrüstung zu verstauen, fühlte es sich hart an.

Wir trugen ansonsten keine Kleidung und ich fand es ungewöhnlich, dass verschiedene Stücke seinen ganzen Körper bedeckten Ich konnte mir nicht vorstellen, wozu die schweren Materialien, die er an seinen Füßen trug, gut sein sollten.

Ich musste ihn auf den Rücken drehen, um seine Vorderseite durchsuchen zu können. Er hatte verschiedene Dinge dabei, aber keine Waffen und, was mich verwunderte, kein Kommunikationsmittel.

Soweit ich informiert war, machten die Menschen ausreichend Gebrauch von ihren Möglichkeiten der Kommunikation. Ich durchsuchte ihn sehr sorgfältig, während sich sein Brustkorb langsam hob und wieder senkte und scannte ihn noch einmal ab. Etwas Verdächtiges konnte ich nicht finden.

Sicherheitshalber durchsuchte ich auch die Ausrüstung, die er bei sich trug, aber ich konnte keine weiteren Waffen finden.

Ihn zu durchsuchen, kostete mich Überwindung, aber ich konnte mir keine Nachlässigkeiten mehr erlauben. Ich musste sicher sein, dass er weder Waffen bei sich trug noch die Möglichkeit hatte mit anderen Menschen Kontakt aufzunehmen.

Ich hatte fest vor, ihn am Leben zu lassen. Es war mir nicht wichtig, wie er leben würde oder welche Verletzungen er davongetragen hatte, sofern ich sie nicht als lebensbedrohlich einstufen musste. Es zählte allein die Tatsache, dass er lebte.

Sein Angriff hatte die Situation völlig verändert und meiner aussichtlosen Lage eine wirklich positive Wendung beschert.

Normalerweise bevorzugte ich eine lineare Abfolge, bei der Geschehnisse geradlinig und berechenbar verliefen. Es lebt sich leichter mit vorhersehbaren Ereignissen, die flach verlaufen und etwas beruhigendes und sicheres an sich haben.

Die unberechenbaren Ereignisse sind von anstrengender Natur. Sie lieben die Aufregung, die sie mit sich bringen, wenn sie sich drehen und wenden. Sie sind meist nicht flach und ihre Wellen können sehr hoch sein.

Am liebsten reißen sie alles mit sich, was sich ihnen in den Weg stellt und manchmal gleicht es einem Ritt auf den Wellen, die einen mit sich tragen und einem das Gefühl der Haltlosigkeit geben.

Ich hatte nicht viel übrig für unberechenbare Ereignisse und ich konnte nur schwer mit ihnen umgehen.

Auf Cygron verlief mein Leben berechenbar und es waren nur die Zufälle, die manchmal in Erscheinung traten.

Wenn es Zufall wäre, konnte ich beruhigter sein, denn der Zufall ist weise; weiser als man es ihm zutrauen würde. Auf den Zufall kann ich mich verlassen, er ist ehrlicher Natur und hat nicht vor mich zu täuschen, das hat er nicht nötig. Er scheint manchmal willkürlich zu sein, doch das ist er nicht. Er besitzt seine eigene Ordnung. Der Zufall ist ein Freund.

Er lag schutzlos vor mir und ich fühlte, wie eine Art Mitleid mich beschlich. Ich beschloss ihn kein zweites Mal mehr zu attackieren, egal was er auch tun würde.

Meine Erleichterung darüber, dass er lebte, machte mich nachsichtig und ich würde ihm eher aus dem Weg gehen als mich weiter mit ihm zu beschäftigen.

Sein Kopf war zu blutverschmiert, um die Schwere der Verletzungen auszumachen und so holte ich in meiner Hand etwas Wasser aus der Wasserstelle, um es zu entfernen. Ich ließ das Wasser über seine Wunde laufen und versuchte sie zu reinigen, was mir nicht besonders gut gelang. Wenn ich das Blut ganz beseitigen wollte, musste ich ihn zur Wasserstelle ziehen.

Mit meinen Händen fasste ich unter seine Schultern, was er mit einem Stöhnen quittierte und zog ihn zum Wasser hin. Ich legte seinen Kopf ein wenig über den Rand der Wasserstelle und begann ihn abzuwaschen. Während ich ihm den Kopf säuberte, begann ich langsam mir der Situation bewusst zu werden.

Wir mussten einen seltsamen Anblick bieten. Ein außergalaktischer Besucher der Erde, der einem Menschen den Kopf wusch. Die Situation erschien mir so unwirklich, dass ich fast an ihrer realen Existenz zweifelte.

Wieder fühlte ich mich überfordert und ich versuchte, an nichts weiter zu denken. Meine Gedanken würden mich nur durcheinander bringen und ich konzentrierte mich auf seine Verletzung. Er hatte eine tiefe Fleischwunde an der Schläfe, die noch immer blutete.

Wenn es meine Wunde gewesen wäre, hätte ich keinen Moment gezögert und das beste Mittel verwendet, das es gibt; meinen eigenen Speichel. Ob es für ihn, das Beste war, wusste ich nicht und ich konnte nicht wissen, wie er auf fremden Speichel reagieren würde.

Mein Sachverstand, was Wundversorgung anbetraf, hielt sich in Grenzen und ich beschloss, keine Experimente mit ihm zu machen. Ich säuberte die Wunde, vergewisserte mich, dass alle Fremdkörper beseitigt waren und schob die auseinander klaffende Fleischwunde wieder zusammen. Mit der vielseitig einsetzbaren Kautschukmasse, die ich in meiner Ausrüstung immer dabei hatte, überklebte ich die Wunde.

Der Kautschuk würde die Haut zusammenhalten und ausreichend Schutz bieten. Ich wusch mir das Blut, das an meinen Händen klebte, ab und ich war sehr stolz auf mich.

Langsam begann ich, mich etwas besser zu fühlen. Die Anspannung, die von mir Besitz ergriffen hatte, ließ nach und ich fühlte Erleichterung darüber, dieses unangenehme Kapitel abschließen zu können.

Natürlich kostete mich diese Aktion eine Menge Zeit und ich war mit der Arbeit, die ich mir für diesen Tag vorgenommen hatte, zeitlich in Verzug geraten. Ich würde meine Ruhezeit verkürzen und nur halb so lange schlafen, wie ich es gewöhnlich tat. Ich würde den Rest des Tages mit der Probenentnahme an der Höhlendecke verbringen und die Höhle, früher als geplant, wieder verlassen.

Ich hatte keine Zeit mehr, um mich noch länger mit ihm zu beschäftigen und es würde in diesem weit verzweigten Höhlensystem genügend andere Gänge geben, um Material zu sammeln. Ich würde mir einen Eingang suchen, der weit entfernt lag, so dass ich sicher sein konnte, dass er mir nicht folgen würde.

Ich wusste nichts darüber, wie schnell er sich erholen würde und wie lange es dauerte, bis seine Kräfte wieder ihren Normalzustand erreichten.

Während ich an der Decke arbeitete, warf ich hin und wieder einen Blick auf den Menschen, der immer noch regungslos neben der Wasserstelle lag. Ich hatte ihn gut versorgt und ich vermied es daran zu denken, was passieren würde, wenn er erwachte.

Als ich mit der Höhlendecke fertig war, die Proben gesendet und mein letztes Signal an den Raumgleiter geschickt hatte, wurde mir erst wirklich bewusst, wie erschöpft ich war. Die unerwarteten Ereignisse dieses Tages hatten mich extrem herausgefordert und ich fühlte mich nur noch schlafbereit.

Wenn der Gang nicht so lang und eng gewesen wäre, hätte ich es vorgezogen die Höhle zum Schlafen zu verlassen aber ich fühlte mich zu müde, um längere

Distanzen kriechend überwinden zu können.

Ich würde eine kurze Schlafeinheit durchführen und dann die Höhle verlassen. Die Höhle war weitläufig und ich konnte mich soweit zurückziehen, dass ich ihn nicht mehr in meinem Sichtfeld hatte.

Zur Sicherheit würde ich an der Höhlendecke hängend schlafen und meine Tarnung auf Abwehr aktivieren, so dass er mich nicht angreifen konnte, während ich schlief. Wobei ich nicht wirklich damit rechnete, dass er derzeit körperlich in der Lage dazu war, aber ich wollte nichts mehr riskieren.

Irgendwann fing er an leise zu stöhnen und Worte zu murmeln, die ich natürlich nicht verstand. Ich hätte den Sprachumwandler verwenden können, der mir schon nach ein paar Worten eine Übersetzung liefern konnte. Er arbeitet sehr zuverlässig, weil er nicht nur die gesprochene Sprache übersetzt, sondern die vom Sprecher gesendeten Wellen mit berücksichtigt.

Nicht immer entspricht das gesprochene Wort auch dem gefühlten Wort und das Gerät macht mich auf grobe Unstimmigkeiten aufmerksam. Für die Feinheiten arbeitet es zwar immer noch zu ungenau aber es kann eine Lüge erkennen und es soll in der Lage sein, vorausgesetzt es ist richtig eingestellt, eine Kommunikation auch ganz ohne Sprache zu ermöglichen, da nicht jede Spezies über Sprachorgane verfügt.

Ich versuchte die Laute, die er von sich gab, zu überhören, was mir nicht besonders gut gelang. Es wäre wohl besser gewesen die Höhle sofort zu verlassen. Das weit verzweigte Höhlensystem bot mir genügend Ausweichmöglichkeiten, so dass ich diesem Menschen nicht mehr begegnen musste, wenn ich es nicht wollte, schließlich hatte ich einen freien Willen.

Ein freier Wille, das machte mich nachdenklich. Ich hatte einen freien Willen und blieb trotzdem zusammen mit diesem Menschen in einer Höhle. Warum? Lag es allein an meiner Müdigkeit oder spürte ich den Reiz des Fremden. Omgran sprach davon, vom Reiz des Fremden.

Ich hätte die Höhle schon längst verlassen sollen und es würde unverantwortlich sein, noch länger zu bleiben. Ich verfügte über einen freien Willen und vielleicht war mir auf Cygron mein freier Wille selten bewusst gewesen. Mein Leben verlief dort in geregelten Bahnen und über meinen Willen hatte ich mir bisher wenig Gedanken gemacht.

Gesson und ich diskutierten gelegentlich über den Sinn des Lebens und über die Art und Weise es zu verbringen. Gesson vertrat die Meinung, dass er seine Zeit nicht vergeuden wollte und er beschäftigte sich sehr damit, seine Zeit ausreichend mit Aktivitäten zu füllen.

Er war experimentierfreudig und voller Ideen. Er entwickelte seine körperlichen Fähigkeiten ständig weiter und er wollte sich am Ende seines Lebens sicher sein, nichts verpasst zu haben, was er hätte versuchen können.

In seiner Gegenwart fühlte sich alles eine Spur leben-

diger an. Er schaffte es Aktion zu erzeugen, ohne dass er etwas dazu tat. Allein durch seine Anwesenheit kamen die Dinge in Bewegung und ich hatte ihn selten ruhig erlebt.

Er wäre dem Menschen vermutlich nicht von der Seite gewichen und sicher würde er einige Einfälle dazu haben, was ich mit ihm tun sollte aber ich konnte ihn nicht um Rat fragen und es blieb mir nichts anderes übrig, als auf meine eigenen Entscheidungen zu vertrauen.

Diese Überlegungen brachten mich nicht weiter und führten nur dazu, dass ich keinen Schlaf finden konnte. Ich konnte mich auch dem Gejammer des Menschen nur entziehen, wenn ich die Höhle verließ.

Auf allen Vieren kroch ich durch den engen, mir so verhassten, Gang zurück und versuchte nicht mehr an das Wimmern und Stöhnen zu denken, das er von sich gab. Es war lauter geworden und ich fühlte mich gezwungen die Höhle fluchtartig zu verlassen. Er war selbst schuld, dass er sich in dieser Situation befand. Warum hatte er mich verfolgt? Er hätte sich denken können, dass er nicht unversehrt davon kommen würde.

Ich bin davon ausgegangen, dass er mich angreifen und töten wollte. Keine Sekunde hatte ich daran gezweifelt. Zweifel kamen mir erst jetzt. Vielleicht war er nur neugierig gewesen und handelte aus reinem Interesse. Ich hatte ihn nicht danach gefragt und ich hatte ihm keine Möglichkeit gelassen seine Motive zu erklären.

Es war diese ungeliebte Mission. Von Anfang an ahnte ich, dass es ein Fehler sein würde daran teilzunehmen.

Seit ich auf der Erde diesem Menschen begegnete, schien ich zunehmend die Kontrolle zu verlieren. Er drängte sich förmlich in mein Leben und ich kannte seine Absichten nicht.

Während ich langsam weiter kroch, spürte ich einen Widerstand. Es fühlte sich an, als hinge ich an einem Band, an dessen Ende gezogen wurde, damit ich mich nicht noch weiter entfernen konnte. Ich hatte von diesen Bändern gehört, die fähig waren Wesen zu verbinden und irgendetwas schien eine Verbindung herstellen zu wollen.

Erst dachte ich wirklich es sei ein reales Band. Ich kannte die Bänder, die wir aus Kautschuk herstellten und die wir für die Jagd auf tief fliegende Tiere benutzten. Wir haben bessere Waffen für die Jagd nach Tieren, aber viele Cygronier ziehen die Bänder vor, obwohl die Jagd damit mehr Zeit in Anspruch nimmt. Der Umgang mit den Bändern ist nicht einfach. Es kommt darauf an, den richtigen Moment abzupassen, um den optimalen Abstand zur Beute zu haben und die Wurftechnik bedarf einiger Übung. Ich hatte es selbst ausprobiert, war aber wenig erfolgreich und interessierte mich daraufhin nicht weiter für das Jagen. Es sind meist die männlichen Vertreter unserer Spezies, die eine Faszination dafür entwickeln.

Nachdem ich überprüfte, dass ich nicht doch an einem realen Band hing, suchte ich nach einer Erklärung.

Vielleicht war es ein Hilferuf, den der Mensch aussandte und der mich auf diese Weise erreichte. Ich hatte ihn zurück gelassen ohne mir darüber Gedanken zu machen, ob er alleine überleben würde. Es schien nur wichtig gewesen zu sein, dass er lebte.

Ich hatte seine Wunde versorgt und mich nicht weiter mit ihm beschäftigt.

Vielleicht sollte ich versuchen die Erinnerungen daran aus meinem Gedächtnis zu löschen.

Meine Überlegungen brachten mich keinesfalls zu einer befriedigenden Lösung aber ich gelangte zu der Erkenntnis, dass er es vermutlich nicht schaffen würde, alleine aus der Höhle zu entkommen.

Den engen Gang entlang zu kriechen, das konnte er noch bewältigen aber den Höhleneingang, der wie eine senkrechte Röhre steil abfiel, nach oben zu klettern, daran würde er scheitern.

Mir blieb nichts anderes übrig, als zurück zu kriechen, wenn ich nicht schuld daran sein wollte, dass er starb.

Ich musste ihn zumindest aus dieser Höhle ziehen, damit ihm überhaupt eine Chance blieb. Das würde dann endgültig das Letzte sein, was ich für ihn tun würde.

Wie fremdgesteuert kroch ich langsam zurück und es erinnerte mich an das Forschungsprogramm, für das ich ausgewählt wurde, als ich zwölf Jahre alt war. Cygronier sind experimentierfreudig, wir stellen uns gerne in den Dienst der Forschung und es ist eine Ehre für ein Programm ausgewählt zu werden. Die Forschung ist wichtig, für die Weiterentwicklung unserer Existenz und für sie zu arbeiten bringt hohes Ansehen auf Cygron.

Ich kann mich ganz genau daran erinnern, an jede Einzelheit. Wir waren vier Ausgewählte und alle sehr stolz auf diesen Versuch und die Ergebnisse, die er bringen würde.

Der Versuch war, wie sich im Nachhinein herausstellte, nicht von allergrößter Wichtigkeit und wohl eher als Zeitvertreib für ein paar Wissenschaftler gedacht, die gerade ein Projekt abgeschlossen hatten und auf ihren nächsten Einsatz warteten.

Wir bekamen zehn kleine Elektroden, jeweils fünf auf einer Kopfhälfte, die mittels kleiner Bohrlöcher durch die Schädeldecke mit dem Gehirn verbunden wurden. Die Elektroden wurden mit den Händen und Füßen verbunden und ein Steuerungsgerät machte es anderen möglich unsere Bewegungen zu kontrollieren.

Es wurden verschiedene Aufgaben gestellt, die wir zu erledigen hatten, wobei die Forscher unsere Bewegungen manipulierten. Jeder hatte seinen eigenen Forscher, der uns den ganzen Tag über begleitete, was ich als sehr unangenehm in Erinnerung habe.

Einer von uns konnte schließlich seinen Willen so weit ausbilden, dass er der Fremdbestimmung weitgehend überlegen war. Es blieb mir unerklärlich, wie es ihm möglich war, denn wir anderen blieben weiterhin der

Fernsteuerung ausgeliefert, egal was wir auch versuchten.

Das Experiment hatte den Hintergrund herauszufinden, ob die Zweitexistenzen, die auf Cygron arbeiteten, es schaffen konnten sich ihrem Chip zu widersetzen.

Diese Zweitexistenzen waren Urcygronier, die seit längerer Zeit, in einem schwer zugänglichen Gebiet lebten. Es waren nicht viele und sie hatten sich schon zu lange von den Gewächsen, die in schwefelhaltigen Tümpeln wuchsen, ernährt und irreparable Schäden erlitten.

Wir sprachen nicht gerne über sie und ihre mangelnde Intelligenz machte sie für uns uninteressant. Es wurde beschlossen dafür zu sorgen, dass sie sich nicht mehr vermehren konnten.

Es wurde ihnen ein Chip eingesetzt und sie konnten zufrieden sein, dass sie weiter auf Cygron leben durften und dass die Wächter sie nicht umsiedelten. Auf anderen Planeten wären sie vermutlich Wesen begegnet, die nichts Gutes mit ihnen im Sinn haben würden. Sie können auf Cygron leben und der Forschung dienen, wobei ich mir nicht vorstellen kann, dass sie, bei ihrer niederen Intelligenz, für die Forschung von großem Nutzen sind.

Höchstwahrscheinlich würde ich aber nie einem von ihnen begegnen und ich strich meine Erinnerungen daran weg. Es lenkte mich nur unnötig ab, wenn ich mich jetzt mit unveränderbaren Ereignissen beschäftigte. Ich wandte meine Aufmerksamkeit wieder den für mich relevanten Dingen zu, während ich den engen Gang zur Höhle zurückkroch.

Die feuchte Luft der Höhle empfing mich und sie erinnerte mich gleichzeitig daran vorsichtig zu sein. Vielleicht täuschte ich mich und er erholte sich schneller als ich annahm.

Nein. Er lag immer noch an der gleichen Stelle und bewegte sich nicht. Nur das leichte Heben und Senken seines Brustkorbs verriet mir, dass er noch lebte. An der Art wie er da lag, erkannte ich eindeutig, dass er keine Chance hatte, sich selbst zu helfen. Dazu war er zu schwach.

Er lag vollkommen ausgeliefert auf dem Rücken, seine Arme hingen schlaff zur Seite und er sah hilflos aus, wie ein Opfer.

Das irritierte mich, denn bisher, ging ich davon aus, selbst das Opfer zu sein. Die Geschehnisse hatten mich überfordert und ich hatte mich machtlos und ausgeliefert gefühlt. Die Kontrolle schien mir entglitten zu sein. Doch jetzt lag es an mir die Entscheidungen zu treffen und zu handeln und es gab niemanden, den ich um Rat fragen konnte.

Die Besatzung würde mich sofort zurückholen, wenn ich nur ansatzweise andeuten würde Kontakt mit einem Menschen zu haben und ob sie ihn am Leben lassen würden, wusste ich nicht.

Ich hatte zu viel Angst vor den Konsequenzen um bei Omgran um Rat zu fragen. Er selber würde mir vielleicht sogar helfen aber er konnte keine eigenmächtigen Entscheidungen treffen, dafür würde der Rest der Besatzung sorgen.

Ich konnte ihn liegen lassen aber warum war ich dann zurückgekehrt? Um ihn dann erneut sich selbst zu überlassen? Das machte keinen Sinn.

Es schien doch wieder nur ein Trugschluss zu sein, dass ich geglaubt hatte, ich hätte einen freien Willen.

Die Umstände zwangen mich in eine Richtung, vor der ich Angst hatte, die mir aber als das geringste Übel erschien.

Ich beugte mich zu ihm hinunter und betrachtete ihn genauer. Er hatte seinen Mund geöffnet und ich konnte mit meiner Hand seinen Atem spüren. Sein Gesicht hatte eine bleiche Farbe angenommen und feuchte Tropfen standen auf seiner Stirn.

Die Kleidung, die er trug, wärmte ihn anscheinend so sehr, dass er Körperflüssigkeit ausschied. Ich wusste von Omgran, dass Menschen über ihre Haut Wasser ausscheiden können, was mir sehr verschwenderisch vorkam.

Auf einem Planeten wie der Erde konnte man es sich anscheinend erlauben, Wasser derart überflüssig zu vergeuden.

Trotz der kalten Luft in der Höhle, schien es ihm zu warm zu sein und ich versuchte seine Kleidung zu öffnen, um ihm etwas Kühlung zu verschaffen.

Ich nahm das kleine, in der Mitte seiner Kleidung befestigte Metallteil und zog daran. Es bestand aus der gleichen Vorrichtung, die ich schon an seiner Ausrüstung geöffnet hatte, als ich sie durchsuchte. Nur dass ich erst jetzt begann, mich für diesen Mechanismus zu interessieren.

Die Zacken passten genau ineinander und bildeten einen Verschluss, der sich nicht wieder löste. Die Vertiefung, in der Mitte der Zacken sorgte dafür, dass sie in ihrer Position blieben.

Ein solcher Verschluss, war mir bisher fremd und ich konnte mich nicht erinnern, so etwas jemals auf Cygron gesehen zu haben. Ich zog ihn ganz auf und stellte erstaunt fest, dass sich noch weitere Schichten an Kleidung darunter befanden, die sich jedoch nicht öffnen ließen.

Ich konnte nicht verstehen, wofür er diese verschiedenen Schichten an Kleidung brauchte und offensichtlich erwärmten sie ihn auch zu sehr.

Ich würde etwas benötigen, womit ich ihn aus der Höhle ziehen konnte. Der Gang war zu schmal, um ihn auf dem Rücken zu tragen und ich musste seinen Kopf schützen, wenn ich ihn hinter mir her zog.

In seiner Ausrüstung fand ich weitere Kleidung, Haken und Seile. Ich polsterte seinen Kopf, indem ich ein Kleidungsstück herumwickelte und schnürte ein Seil so um seinen Körper, dass ich ihn ziehen konnte, ohne dass es zu fest saß und einschnitt. Er stöhnte, als ich ihn leicht anhob, um das Seil unter ihm hindurch zu schieben. Seine Verletzungen schienen wirklich sehr ernsthaft zu sein.

Mit einem schmerzverzerrten Blick versuchte er in der Dunkelheit etwas zu sehen aber mehr als meine gelblich schimmernden Augen konnte er vermutlich nicht erkennen.

Seine Augen leuchteten blau und dieses Blau war, aus der Nähe betrachtet, faszinierend. Es passte zu den Menschen, dass sie, auf ihrem blauen Planeten, auch blaue Augen hatten. Blau ist auf Cygron eine seltene Farbe und auch die Gewässer sind oft nicht richtig blau, weil der Sand und Staub ihnen einen bräunlichen Farbton beimischen. Ich überlegte, was auf Cygron eine blaue Farbe hatte und mir fiel, außer blauen Lichtstrahlen nichts ein, das diese Farbe trug.

Wenn ich mit meinen Lichtbändern Musik erzeugte, hatte ein bestimmter Ton genau dieses helle Blau. Ich hatte diesen Ton im Ohr, als ich ihm in die Augen sah und einen Moment lang schwebte eine wunderbare Melodie durch meinen Kopf.

Es schien als würden diese hellblauen Augen eine Geschichte erzählen wollen, die ich noch nicht kannte und die so fremd war, dass sie Neugierde in mir weckte.

Er murmelte etwas vor sich hin, das ich nicht verstand aber es holte mich wieder in die Realität zurück und beendete meine Gedanken. Ich hatte nicht vor sein Gemurmel zu entschlüsseln und vor allem hatte ich nicht vor den Sprachumwandler einzusetzen, um mit ihm zu kommunizieren.

Mit dem Vorsatz sein Gemurmel zu ignorieren, nahm ich die Seilenden und zog ihn, in Richtung des Ganges, durch die Höhle. Er stöhnte und sein Protest wurde lauter, als ich ihn über die Steine zog.

Sicher war es nicht angenehm über die Steine gezogen zu werden aber ich konnte ihn nicht anders transportieren und er hatte seine Kleidung an, die ihn schützen würde.

Trotzdem hielt ich inne und nahm nochmals Kleidungsstücke aus seiner Ausrüstung, um seinen Rücken zu polstern. Mehr konnte ich nicht tun und er würde es aushalten müssen, wenn er die Höhle lebend verlassen wollte.

Allerdings hörte er mit seinem Gejammer nicht auf und erst, als ich ein paar resolute Worte zu ihm sprach, herrschte Stille.

Es dauerte einen Moment bis mir bewusst wurde, dass er mich nicht verstehen konnte, da seine Sprache eine andere war. Trotzdem verhielt er sich ruhig.

Anscheinend hatte mein Tonfall ihm zu verstehen gegeben, dass es besser wäre still zu sein. Vielleicht irritierte ihn aber auch die Andersartigkeit meiner Sprache.

Vor uns lag der Tunneleingang, den wir passieren mussten, um das Höhlensystem zu verlassen. Ich würde für den Rückweg doppelt so lange brauchen mit dieser menschlichen Last, die ich hinter mir her zog, aber ich hatte mich entschlossen ihn nicht zurückzulassen.

Die Kriecherei hatte mich schon auf dem Weg in die Höhle wütend gemacht und ich hoffte, dass er sich ruhig verhielt und mich nicht zusätzlich reizte. Zudem würde ich meine Schlafzeit wieder verkürzen müssen, um mein Arbeitspensum zu schaffen.

Der unebene Boden des Ganges sorgte dafür, dass sein Körper mehrmals am Gestein hängen blieb, was mich jedes Mal ruckartig stoppen ließ. Es blieb mir nichts anderes übrig, als die Seile noch kürzer zu nehmen und den Abstand zwischen uns zu verringern.

Ich hielt noch einige Male an, um den Abstand zu verkürzen und die optimale Position zu finden, was erst der Fall war, als ich die Seile so kurz nahm, dass ich seine körperliche Anwesenheit spüren konnte.

Es fühlte sich beunruhigend an ihn so nahe hinter mir, zu spüren, aber so kamen wir wenigstens einigermaßen zügig voran. Ich konzentrierte mich darauf ruhig zu atmen und in einem gleichmäßigen Tempo vorwärts zu kriechen.

Die Seilenden hatte ich über meinen Rücken geführt und sie dann so um meinen Rumpf gewickelt, dass noch genug Freiheit für meine Arme blieb. So konnte ich zwar besser kriechen, aber es ließ sich nicht vermeiden, dass ich seinen Kopf immer wieder an meinen Rumpf spürte, was stark an meinen Nerven zehrte.

Ich war an körperliche Berührungen nicht gewöhnt und diese kamen noch dazu, von einem Menschen. In regelmäßigen Abständen pendelte sein Körper vor, be-

rührte mich kurz und pendelte wieder zurück. Die Bewegungen erfolgten berechenbar, was mir wieder eine gewisse Sicherheit verschaffte, aber nichts an ihrer unangenehmen Art änderte.

Die Regelmäßigkeit der Bewegungen machte es mir aber nach einiger Zeit möglich meine Gedanken abschweifen zu lassen.

Ich dachte an den Nachwuchs, den ich haben würde und daran, wie es sich anfühlen könnte, meinen Nachwuchs zu tragen. Ich werde ihn auf dem Rücken tragen und er wird fast ein Jahr auf meinem Rücken leben.

Der Nachwuchs wird sich mit den kleinen Krallen, die später abfallen und die sich unter jedem Handgelenk befinden, wie mit einem Haken in meine Panzerung krallen. In der Panzerung sind zwei Vertiefungen dafür vorgesehen und mir hat es ausgesprochen gut gefallen auf dem Rücken mitgenommen zu werden.

Die Aussicht ist wunderbar dort oben, wenn man ansonsten klein und leicht zu übersehen ist. Diese Art des Transports ist für ein kleines Wesen sehr sicher, da uns die fliegenden Raubtiere auf Cygron in der Regel nicht angreifen.

Es ist für ein kleines Wesen eine optimale Art, sich fortzubewegen und ich fühlte mich immer sehr sicher, vor allem bei meinem Vater. Ich kann nicht beurteilen, ob er ein guter Vater war, denn auf Cygron sind sich alle Väter ihrer großartigen Aufgabe bewusst und kein Vater würde es wagen seinen Nachwuchs zu vernachlässigen.

Die Zeit, die ich mit meinem Vater hatte, war eine sehr schöne Zeit und ich kann mich gut an den Tag erinnern, als er mich nicht mehr auf seinen Rücken gelassen hat. Ich protestierte laut und mein Vater hatte viel Mühe damit, mir zu erklären, dass die Zeit gekommen war und ich neben ihm laufen musste und ich konnte ihn nicht umstimmen.

Alles hat seine Zeit, aber als kleiner Cygronier zeigte ich dafür wenig Verständnis und ich machte meine ersten Erfahrungen darin, dass ich nicht alles ändern konnte, was ich gerne wollte oder was ich für verbesserungswürdig hielt.

Wenn ich es entscheiden könnte, würde ich die Tragezeit auf dem Rücken der Väter verlängern und ich würde vor allem die Zeit, die mit den Müttern verbracht wird, verlängern.

Mütter sind auf Cygron sehr wichtig, sie haben viele Dienste und sie gehören den Räten und Lehrern an. Ich habe in der Gruppe meiner Mutter einige Jahre lang gelebt aber meine Erinnerungen daran sind nicht ganz vollständig.

Auf Cygron ist man bestrebt sich zu vermischen und für ausreichend genetische Vielfalt zu sorgen, weshalb sich Gruppen oft auflösen und es keine längeren Paarverbindungen gibt.

Sobald der Nachwuchs überwiegend selbständig ist, beenden die Paare ihre Partnerschaft wieder und wenden sich jeweils anderen Gruppen zu um neue Partner zu finden.

*Der Nachwuchs sucht sich seinen eigenen Verbund,
von meist acht bis zehn Cygroniern, unterschiedlichen
Alters. Es ist wichtig für uns in verschiedenen Gruppen
zu leben und verschiedene Lehrer zu haben, so können
viele unserer Begabungen erkannt und auch gefördert
werden.*

Er holte mich mit meinen Gedanken wieder in die
Realität zurück, als er anfing zu sprechen. Es waren
zwei Worte, die er immer wieder vor sich her sagte und
die Verzweiflung, die mitschwang, konnte ich nicht
überhören. Ich versuchte sie zu ignorieren aber es gelang mir nicht.

Ich machte einen langen, tiefen Atemzug, hielt inne
und drehte mich langsam zu ihm um. Ich konnte ihm
ansehen, dass sein Zustand sich verschlechterte. Die
Wasserperlen standen ihm nach wie vor auf der Stirn,
aber er strahlte keine Hitze mehr ab.

Seine Hände, die auf seinem Bauch lagen, zitterten
und als ich sie kurz berührte, erschrak ich darüber, wie
kalt sie sich an-fühlten.

Allein der Gedanke an Auskühlung ließ mich erschauern. Ich hasste das Gefühl der Kälte und die Einschränkung der Beweglichkeit, die damit einherging.
Bei ihm mochte das anders sein, denn als Mensch war
er kein wechselwarmes Wesen und weniger auf Wärme
angewiesen.

Seine Temperatur regelte sich anders und es zeigte
sich darin vielleicht nur seine körperliche Schwäche.

Er sprach die Worte lauter, seit ich ihn berührt hatte und anscheinend hoffte er, dass ich sein Bitten erhören würde.

Ich hatte nie vorgehabt, den Sprachumwandler zu verwenden, ganz im Gegenteil. Ich interessierte mich nie dafür, was mir ein Mensch wohl zu sagen hätte und auch in diesem Moment wollte ich nur herausfinden, was er zum Überleben brauchte; mehr nicht.

Der Sprachumwandler stellte sich als eine großartige Erfindung heraus, die in der Vergangenheit schon einige kriegerische Auseinandersetzungen mit anderen Spezies verhindern konnte.

Es ist sehr wichtig sich zu verständigen und nicht nur durch einfache Worte, die gewählt werden weil man die Sprache des Anderen nicht ausreichend beherrscht.

Worte haben eine große Macht und manchmal scheint es als könnte man mit ihnen alles erreichen. Es ist möglich mit Worten zu verletzen, sich durch Worte zu verbinden oder einander zu trennen, manchmal auch für die Zeit eines Lebens. Worte können schlimme Dinge anrichten, auch wenn sie nicht der Wahrheit entsprechen, Worte sind manipulierbar und hinter manchen Worten steht nicht das, was sie versprechen.

Es gibt auch viele schöne Worte, die beeinflussen und ebensolche Macht haben, wobei ich denke, dass die hässlichen Worte meist mehr Verwendung finden.

Die wirkliche Ursache sind nicht die Worte selber, sie erzeugen nur die Wirkung, sondern das, was hinter den

Worten steht. Die eigentliche Bedeutung von dem, was gesagt wird, steht hinter den Worten und auch von dem, was nicht gesagt wird, weil es vielleicht noch keine Worte dafür gibt. Den eigentlichen Sinn des Gesagten, erkenne ich nur, wenn ich hinter die Worte höre.

Ich zog den Sprachumwandler von meiner Ausrüstung ab, aktivierte ihn und betrachtete die Wellen, die auf der Anzeige sichtbar wurden. Es dauerte einen Moment bis sich das Gerät auf die Frequenz meines Gegenübers einstellte während es seine Energiewellen analysierte.

Jeder konnte seine eigene Sprache sprechen und das Gerät wandelte diese dann in andere Frequenzen um. Wenn er zu sprechen begann, würde ich noch kurz den Anfang seiner Originalworte hören, bevor sich die Wellen veränderten und das Gesagte in meiner Sprache bei mir ankommen würde. Es würde sich nichts überlagern und es würde fast so klingen als spräche er meine Sprache.

Der Widerstand, der sich in mir regte, ließ mich kurz erstarren aber ich wollte einfach nicht riskieren, dass er hinter mir starb, während ich ihn schleppte.

Den Sprachumwandler einzusetzen war eine ganz neue Erfahrung für mich. Ich durfte seine Funktionen während des Trainings zur Außenmission kennenlernen aber wir gingen davon aus, dass wir ihn nicht einsetzen würden.

Es war ein seltsamer Gedanke, dass die Worte eines Menschen wie meine eigene Sprache klingen sollten.

»Wasser«. Meine Haut spannte sich kurz, als ich registrierte, dass der Umwandler arbeitete. Das Spannen zeigte eindeutig meine Überraschung und Verwunderung an.

»Bitte«, es klang verzweifelt und ich konnte seine Verzweiflung nicht nachfühlen, da ich über ausgezeichnete Möglichkeiten verfügte um Wasser in meinem Körper zu speichern und daher nie in die Situation eines Wassermangels kommen sollte.

Das schien es zu sein, was ihn anscheinend am meisten beschäftigte. Er litt unter einem Flüssigkeitsmangel.

Ich wäre nie auf den Gedanken gekommen, dass er nach Wasser verlangen würde. Es sind mir einige Gedanken durch den Kopf gegangen und ich dachte, dass es Schmerzen waren, die ihm keine Ruhe ließen.

Der Gedanke wäre mir zu fremd gewesen, um mir jemals in den Sinn zu kommen. Als Wesen, das Wasser wochenlang speichern kann, hatte ich mich nie mit der Möglichkeit eines Flüssigkeitsmangels beschäftigt.

Ich wusste nicht, ob er die Flüssigkeit, die ich als Notration in kleinen Kapseln in meiner Ausrüstung hatte, aufnehmen konnte. Sie war zu einem Pulver umgewandelt worden und würde erst im Körper wieder in einen flüssigen Zustand übergehen.

Der Inhalt der Kapsel bestand auch nicht nur alleine

aus Wasser. Es befanden sich Zusätze zur Stabilisierung und andere beigemischte Substanzen darin und ich wollte keine Versuche starten, welche Auswirkungen diese auf einen Menschen hatten.

»Wasser… bitte«, seine Stimme wurde leiser und sie kam mir kratzig vor. Ich konnte verstehen, was er sagte aber es hörte sich trotzdem fremdartig an.

Wie sollte ich jetzt an Wasser kommen? Der kürzeste Weg, würde der Weg zurück, zu der Wasserstelle in der Höhle sein. Der Ausgang am Ende des Ganges lag jedenfalls noch weiter entfernt. Vielleicht hatte er auch noch etwas Trinkbares dabei, wenn es für ihn so wichtig schien.

Ich durchsuchte seine Ausrüstung, die ich ihm auf den Bauch gebunden hatte und fand einen Behälter, mit dem sich Flüssigkeit transportieren ließ. Zu meiner Erleichterung befand sich ein Rest darin und ich hoffte, dass die Menge ausreichen würde um ihn ruhig zu stellen.

Der Behälter war verschlossen und ich brauchte einen Moment, um den Mechanismus zur Öffnung herauszufinden. Er ließ sich durch Drehen öffnen und ich drehte ihn erst zur falschen Seite, worauf ich ihn fast zerrissen hätte aber schließlich gelang es mir, die Flüssigkeit sicherzustellen.

Ich vermied es zu sprechen, obwohl es mir zunehmend schwerer fiel. Die Menge der Flüssigkeit durfte, meines Erachtens, ausreichen, bis wir das Höhlensystem verlassen würden.

Wie nahm ein Mensch gewöhnlich Flüssigkeit zu sich? Ich wusste es nicht, nahm aber an, dass er trinken würde, wenn ich die Öffnung des Behälters an seinen Mund ansetzte und etwas von der Flüssigkeit heraus- laufen ließ.

Meine Vermutung stellte sich als richtig heraus und er schaffte es mit wenigen Schluckbewegungen den Be- hälter zu leeren, wobei ein paar Wassertropfen daneben gingen und seitlich an seinem Gesicht herunter liefen.

Die Erleichterung, die er mit seinem »Danke«, reflek- tierte, war spürbar und ich hoffte, dass er sich damit zu- frieden geben würde. Er versuchte in der Dunkelheit mehr von mir zu erkennen als meine Augen, die ihn anscheinend irritierten.

»Deine Augen.«

Ich nahm an, dass ihn meine Spaltpupillen ver- unsicherten. Ich gab ihm keine Antwort, dazu bestand kein Anlass. Ich drehte mich um, sendete das Signal, dass ich in Ordnung war, an den Raumgleiter und begann weiter mit der verhassten Kriecherei, wobei er wieder laut aufstöhnte.

Anscheinend hatte ich mich zu schnell bewegt aber es störte mich nicht mehr, wenn er protestierte. Ein wenig schien ich mich bereits daran gewöhnt zu haben.

Ich beschloss ihn, so gut wie möglich, zu ignorieren, was sich als nicht so einfach herausstellte, da er mich nach wie vor in regelmäßigen Abständen, berührte.

Seine Tonlage klang anders und die Schwingungen, die seine Stimme begleiteten, fühlten sich fremdartig an aber ich konnte nicht abstreiten, dass mich der Sprachumwandler absolut überzeugte.

Die wenigen Worte, die ich empfangen hatte, übten eine Faszination auf mich aus, der ich mich nicht ganz entziehen konnte.

Ich musste versuchen, mich einer Kommunikation mit ihm zu verweigern, aber ich war mir nicht mehr sicher, ob ich darin standhaft bleiben würde. Ich spürte eine gewisse Neugierde und es waren zu wenige Worte gewesen, um daraus Rückschlüsse auf seinen Charakter oder seine Eigenheiten zu ziehen und ich hatte kein Zischen gehört.

Unsere Zischlaute sind sehr vielfältig und wir verständigen uns oft nur durch sie, obwohl wir eine ordentliche Sprache haben. Das Zischen macht die Feinheiten unserer Sprache aus, sie bringt das zur Geltung, was sonst unerkennbar bleiben würde, wenn man nur Worte verwendet. Worte sind frei wählbar und ich kann sie so vermischen, dass sie das, was ich sagen will, verändern. Unsere Zischlaute bringen das, was wir denken und fühlen besser zum Ausdruck.

Das Signal, das vom Raumgleiter kam, riss mich aus meinen monotonen Bewegungen. Omgran wollte wissen, warum ich keine Proben mehr gesendet hatte und ich musste erstaunt feststellen, dass ich meine Arbeit vergessen hatte, während ich mit dem Menschen beschäftigt war.

Omgran glaubte mir, als ich ihm von dem schwierigen Gelände und dem engen Gang, den ich zu durchkriechen hatte, berichtete.

Ich brauchte nicht zu sprechen, um mit ihm zu kommunizieren, das erledigte ich mittels der Zeichen auf meinem Sendegerät, die ich nur berühren musste. Das rettete mich in dieser Situation, denn es wurden nur Zeichen übermittelt, keine Emotionen.

Wenn ich mit ihm gesprochen hätte, wäre es ihm sicher gelungen, mich zu durchschauen.

Die Kommunikation mit den Zeichen ist sachlicher und anonymer. Es wird weniger Inhalt vermittelt als mit der eigentlichen Sprache und Gefühle spielen keine Rolle. Es wird nur das scheinbar Wichtige vermittelt.

Doch das scheinbar Wichtige ist oft schwer zu erkennen und liegt verborgen zwischen einer Vielzahl an Unwichtigem.

Das Unwichtige macht sich breit, es liegt an seiner Art, sich auszubreiten, uns abzulenken und uns davon abzuhalten, es zu durchschauen und das Wichtige zu erkennen.

Das Wichtige ist oft versteckt, zeigt sich nicht gerne und hält sich zurück. Es will erforscht werden und erwartet, dass man sich ausgiebig mit ihm beschäftigt, ansonsten bleibt es versteckt.

Ich begann sofort wieder mit der Probenentnahme, während ich versuchte, trotzdem vorwärts zu kommen.

Es war mühsam und wahrscheinlich waren die Proben wertlos, da ich schon auf dem Hinweg Proben von den gleichen Stellen des Ganges entnommen hatte.

Das beschäftigte mich allerdings nicht so sehr, wie die Feststellung, dass ich meine Aufgabe vergessen hatte. Es ging nicht in meinen Kopf, wie es möglich sein konnte, dass ich meine Pflichten vergessen konnte.

Ein Jahr lang war ich unterwegs, um an dieser Mission teilzunehmen und jetzt hatte ich meine Aufgabe vergessen. Es war mir unverständlich und ich begann wieder, mich als Opfer der Umstände, die auf diesem Planeten herrschten, zu fühlen.

Ich musste achtsamer sein, wenn die nächsten Tage, die ich noch auf der Erde verbringen musste, ohne Komplikationen verlaufen sollten.

Bei meinen Überlegungen fiel mir auf, dass ich bereits einen Tag mit diesem Menschen verbracht hatte. Seit ich ihn entdeckt und angegriffen hatte, war ein ganzer Tag vergangen.

Ich hatte nicht mehr auf die Zeit geachtet und es erstaunte mich, wie es möglich sein konnte, einen ganzen Tag mit einem Menschen zu verbringen, ohne dass es mir so lange vorkam. Auf mein Gespür für die Zeit konnte ich mich bis dahin immer verlassen.

Auch hatte ich mir noch keine Gedanken darüber gemacht, was sein würde, wenn wir das Ende des Tunnels erreichten. Ich wusste nur, dass ich versuchen sollte, ihn so schnell wie möglich los zu werden und am besten so, dass er überleben würde, sonst hätte ich mir meine Bemühungen ebenso sparen können.

Ich würde ihn irgendwo ablegen und mir einen weiter entfernt gelegenen anderen Eingang suchen, durch den mir der Zugang zu einem neuen Höhlensystem möglich wäre.

Wir kamen langsamer voran, als ich vorgesehen hatte. Die Probenentnahme erforderte Zeit und ich musste immer wieder anhalten, um das gesammelte Material zu senden. Zudem waren die Probenbehälter klein und ich musste sie ordentlich verschließen, damit der Inhalt gesichert wurde und sich auf dem Raumgleiter lagern ließ. Das Verschließen der kleinen Behälter machte mir zunehmend Schwierigkeiten. Es hatte sich eine gewisse Unruhe bei mir eingenistet, die es mir erschwerte, die Bewegungen meiner Finger zu kontrollieren.

»Wer bist Du«?

Der Probenbehälter, den ich gerade in der Hand hielt, rieselte in vielen Einzelteilchen zu Boden, als ich ihn zerquetschte.

Seine Stimme hatte mich so überrascht, dass ich reflexartig antwortete und mir erst danach bewusst wurde, dass ich wieder gegen das, was ich mir fest vorgenommen hatte, verstieß.

Ich wollte nicht mit ihm sprechen und auch jetzt, nachdem er meinen Namen wusste, was mir sehr unangenehm war, wollte ich immer noch keineswegs mit ihm sprechen.

»Eria«, so sprach er meinen Namen aus, da der Sprachumwandler keine Namen veränderte.

»Nein«, *ich war entsetzt. Es hörte sich schrecklich an. In einem gesprochenen Namen klingt bei uns vieles, von dem mit, was ein Wesen ausmacht, was es denkt und wie es handelt. Das fehlte und ich kam mir meiner Identität beraubt vor, wenn ich meinen Namen aus seinem Mund hörte.*

Mein „Nein" hatte ihn nicht beeindruckt.

»Heißt du jetzt Eria oder…« ich ließ ihn nicht ausreden und schrie laut und verächtlich: »Sei still«.

Ich hatte damit gerechnet, dass er jetzt tatsächlich Ruhe geben würde aber stattdessen schrie er mich ebenfalls an.

»Bist du verrückt oder was ist los?«, er klang sehr verärgert.

Ich zwang mich, zwei tiefe Atemzüge zu machen, bevor ich antwortete. *Mich als verrückt zu bezeichnen, konnte gefährlich für ihn sein, weil es mich wütend machte aber ich führte mir vor Augen, dass er nur ein Mensch war und ich seine Äußerungen nicht wichtig nehmen sollte.*

»Sei still, wenn du diesen Gang lebend verlassen willst«, erwiderte ich und begann, schneller zu kriechen.

»Warum bringst du mich nicht gleich um«?, fragte er provozierend.

»Weil du ein Mensch bist«. Ich dachte kurz über meine Antwort nach, die nicht vollständig war, da ich Niemanden umbringen wollte, weder einen Menschen, noch einen Cygronier. Er brachte mich dazu, zu antworten ohne dass ich überlegte, was ich von mir gab.

»Bist du Höhlenforscher?«, er schien ein Gespräch zu suchen.

»Nein.«

Die Menschen sind keine Spezies mit denen wir freundschaftlich auskommen würden, da war ich mir sicher und soweit ich wusste, standen sie auch mit keiner anderen Art ihrer Galaxie in Kontakt.

Ich dachte an die Besatzung und daran, dass wir ein Jahr lang auf dem engen Raumgleiter zusammen gelebt hatten, ohne dass es größere Auseinandersetzungen gab. Sicher waren Unstimmigkeiten aufgetreten aber es geschah eher selten und sie hatten sich auflösen lassen.

Cygronier sprechen, was sie denken. Wir haben eine klare Sprache und fühlen das Gesprochene, weshalb wenige Unklarheiten auftreten. Nur bei speziellen Wissenschaften, die kompliziert sind, für den, der sie nicht analysiert, treten Unklarheiten auf, denn es kann nicht jeder auf allen Gebieten wissend sein.

Auf Cygron ist Klarheit eine Grundvoraussetzung für das Zusammenleben und es wäre nicht auszudenken, was ansonsten für Verwicklungen auftreten würden.

Spezielle Entwickler könnten lange damit beschäftigt sein, die Missverständnisse wieder zu lösen und die Zusammenhänge zu analysieren.

Mit dieser befremdlichen Vorstellung brauchte ich mich aber nicht weiter zu beschäftigen. Ich würde mich diesen Unklarheiten so schnell wie möglich wieder entziehen.

»Hast du noch Wasser«?

Ich wurde das Gefühl nicht los, dass es nicht so einfach mit ihm werden würde, wie ich mir das vorgestellt hatte.

»Nein. Ich habe kein Wasser«

»Du willst mir doch nicht erzählen, dass du die ganze Zeit nichts trinkst? Irgendwas hast du doch sicher dabei«, seine Stimme klang verärgert.

Ich machte einen tiefen Atemzug und meine Erleichterung darüber, dass wir bald das Ende des Ganges erreichen würden, ließ mich eine gewisse Leichtigkeit verspüren. Gleich würde ich ihn los sein.

»Wir sind bald da«. Die Erleichterung in meiner Stimme war ihm sicher nicht entgangen.

»Zum Glück. Ich dachte schon, ich komme nie mehr aus diesem verdammten Gang raus. Was machst du eigentlich in den Höhlen. Bist du Taucher«?

Der Gedanke an das kalte Wasser ließ mich noch im Nachhinein erschauern.

»Nein«, antwortete ich ihm.

»Was hast du dann hier verloren«?

»Ich habe nichts verloren, ich arbeite hier«.

»Aha«. Das schien ihm als Erklärung auszureichen, denn er begann sofort damit, etwas über sich zu erzählen.

»Ich heiße Alex. Eigentlich Alexander aber die meisten Leute nennen mich Alex.« Er schien kurz zu überlegen. »Ich habe mich von meiner Gruppe entfernt. Kann sein, dass sie mich suchen. Wir hatten uns gestritten und der Akku meines Handys war leer. Ich hatte nicht vor, so lange wegzubleiben.«

Er schien kurz zu überlegen. »Hast du ein Telefon dabei? Wir müssen versuchen, mein Team zu erreichen und ich brauche einen Arzt «. Er sprach leise und je länger er sprach desto schwächer schien er zu werden.

»Nein, ich habe kein Kommunikationsgerät für dich«, sagte ich bestimmend und die Frage »Warum kürzt du deinen Namen ab«? kam es fast selbständig und ohne, dass ich darüber nachdachte aus meinem Mund.

»Keine Ahnung. Weil er sich so schneller spricht wahrscheinlich, aber das macht doch fast jeder. Ich hab auch im Moment echt andere Sorgen. Warum interessiert dich das«, entgegnete er etwas erstaunt und hustete dabei.

»Es interessiert mich nicht.« Meine Antwort schien ihn nicht zufrieden zu stellen.

»Warum fragst du dann danach«?

»Niemand kürzt seinen Namen ab«, sagte ich bestimmend. »In einem Namen schwingt vieles mit, was du bist, wenn du ihn abkürzt, fehlt ein Teil und …«.

Er unterbrach mich: »So ein Quatsch.« Sein »Pf« zeigte mir, wie lächerlich er meine Aussage fand und ich war froh, dass ich diesen Sonderling bald los haben würde.

»Was ist eigentlich in der Höhle passiert?«, fragte er nachdenklich. »Ich kann mich nur noch erinnern, dass ich deine Ausrüstung gefunden habe und dann wurde ich anscheinend bewusstlos. Wahrscheinlich lag es an der Luft in der Höhle. Zu wenig Sauerstoff, nehme ich an«. Er atmete ein paar Mal tief ein und aus. »Weißt du, was ich nicht verstehe?«, fragte er und redete ohne Pause weiter. »Wieso ich mich nicht mehr bewegen kann. Alles tut höllisch weh.«

Anscheinend konnte er sich wirklich nicht mehr erinnern. Es schien, als hatte ihm der Aufprall seines Kopfes einige Erinnerungen geraubt.

»Du wolltest meine Ausrüstung zerstören und ich habe dich daran gehindert«, erklärte ich ihm.

»Von was redest du? Ich hatte nicht vor, deine Ausrüstung zu zerstören, ich wollte sie mir nur ansehen. Du hast interessante Sachen dabei, die ich nicht kenne«, versuchte er sich zu verteidigen und es dauerte einen Moment bis er die Zusammenhänge erkannte.

»Aber was meinst du mit: du wolltest mich daran hindern? Was hast du mit mir gemacht?«, fragte er nach einer Antwort fordernd.

»Ich habe dir einen Schlag versetzt«, antwortete ich und nach einer kurzen Pause fügte ich hinzu: »Nur einen«, mit der Betonung auf *einen*. »Ich konnte nicht wissen, dass ihr so schwach seid. Fakten über eure Körper waren nicht Teil unseres Trainings.«

»Was für ein Training? Könntest du mir vielleicht erklären, warum du mich so heftig angreifen musstest? Was ist an deiner Ausrüstung so geheim, dass du mich fast dafür umgebracht hättest?«, fragte er außer sich vor Wut, während wir das Ende des Ganges erreichten.

»Ich sammle Proben. Nichts weiter«, erklärte ich. »Wir werden euch nichts tun. Wir sammeln nur Proben zum Züchten neuer Bakterienstämme«, antwortete ich, während wir endlich das Ende des Ganges erreichten.

»Und unsere Mission ist nicht geheim«, erklärte ich ihm. »Wir haben euch nicht um Erlaubnis gefragt, somit wisst ihr nichts davon, aber geheim ist die Mission nicht«, fügte ich noch erklärend hinzu und beschloss, dass er von mir nicht noch mehr erfahren würde. Ich hatte mehr als genug berichtet und er zweifelte ohnehin an meinen Aussagen. Es machte keinen Sinn, noch weiter mit ihm zu sprechen.

»Du bist einer von diesen verrückten Wissenschaftlern, denen nichts zu heikel ist, oder?«, fragte er verächtlich. »Sieht man ja sonst nur in Filmen aber das gibt es anscheinend wirklich«.

Er schien nachdenklich geworden zu sein und keine Fragen mehr zu haben. Ich zog ihn noch ein Stück weiter bis wir einen größeren Stein erreichten, der flach genug war, um ihn darauf ablegen zu können. Das hereinströmende Licht reichte für ihn nicht aus, um mich als die zu erkennen, die ich war.

Ich befreite ihn noch von den Seilen, mit denen ich ihn gezogen hatte, wobei er jedes Mal stöhnte, sobald ich seinen Körper anhob. Er sah immer noch blass aus und einige Wassertropfen standen auf seiner Stirn.

Wie konnte man nur so leichtfertig seine Flüssigkeitsvorräte verschwenden.

Die ersten Schritte ohne ihn empfand ich als eine echte Erleichterung und ich beschleunigte mein Tempo, während ich die kurze Strecke bis zum Höhlenausgang, zurücklegte.

»Hey! Du willst doch jetzt nicht einfach abhauen? Komm zurück!«, schrie er überrascht, als ich schon den Ausgang erreichte.

An dem hereinströmenden Licht konnte ich erkennen, dass mich draußen eine intensive Sonneneinstrahlung erwarten würde.

Ich musste mich erst einmal regenerieren und danach würde ich den Menschen aus der Höhle bringen. Ich musste endlich wieder Licht und Wärme haben. Vor allem Wärme.

Bei aller Euphorie über die Sonnenstrahlen, die mich draußen erwarteten, vergaß ich nicht, die Gegend zu scannen und meine Tarnung zu kontrollieren. Ein weiterer Kontakt mit einem anderen Menschen, würde mich überfordern, da war ich mir sicher.

Der Aufstieg aus der Höhle fühlte sich unglaublich befreiend an und ich kletterte schnell, um durch die Bewegung möglichst viel von der Anspannung, unter der ich stand, abzustreifen.

Das direkte Sonnenlicht, das mich traf, als ich die Oberfläche erreichte, erinnerte mich an Cygron. Die Sonne hatte weniger Kraft, als die Sonne, die wir umkreisten, aber die Strahlung reichte aus um mich, nach der Kälte, die in der Höhle herrschte, zu durchwärmen.

Ich realisierte erst jetzt, wie sehr mich die vergangenen Ereignisse ermüdet hatten und beschloss, mir sofort einen Platz zum Regenerieren zu suchen.

Ich sendete das Kontrollsignal an die Besatzung und ließ mich auf einem größeren, flachen Stein nieder, der sich auf einer Anhöhe befand. Für die Aussicht, die mir die Anhöhe bot, hatte ich kein Interesse und es überraschte mich, wie schnell der Schlaf die Kontrolle übernahm.

Die Intensität der Sonnenstrahlung hatte nachgelassen, als ich erwachte und es dämmerte bereits. Meine Körpertemperatur hatte sich endlich wieder normalisiert und ich fühlte mich bereit, meine Arbeit zu beginnen.

Ich scannte das Gebiet nach Menschen ab und untersuchte die geologischen Verwerfungen, um einen Eingang für ein neues, für eine Erkundung interessantes Höhlensystem zu finden. Endlich fühlte ich mich wieder regeneriert und fast hätte ich diesen Menschen vergessen.

»Komm zurück«. Seine letzten Worte hallten in meiner Erinnerung wieder und schienen meinen Kopf nicht verlassen zu wollen. Er würde warten müssen. Ich konnte meine Arbeit nicht aufschieben.

Der Sonnenuntergang ließ den Himmel in einem rötlichen Licht erscheinen und der Blick auf die weit ausladende Berglandschaft, half mir, klarere Gedanken zu fassen.

Die Bergrücken schienen sich friedlich nebeneinander auszustrecken und ihr Anblick wirkte in seiner Eintönigkeit beruhigend. Der leichte Wind verströmte eine reine, staubfreie Luft und ich atmete einige Male tief ein, bevor ich mich in Richtung eines neuen Höhleneingangs bewegte.

Zum ersten Mal verspürte ich keine Lust am Klettern. Ich liebte das Klettern und die körperliche Anspannung, die ich dabei empfand, ließ mich immer eine gewisse Freiheit spüren.

Jetzt war es anders und das dumpfe Gefühl einer unerledigten, unangenehmen Aufgabe, das sich ausbreitete und sich nicht verscheuchen ließ, paarte sich mit einem stehenden, modrigen Geruch, der mir aus der Höhle entgegen kam.

Zudem musste ich den Verlust des Probenbehälters, den ich zerbrochen hatte, melden, was zwar an sich kein großes Problem aber trotzdem unangenehm war.

In diesem Teil der Höhlen fand ich höhere Gänge vor, die mir die verhasste Kriecherei ersparten und ich war erleichtert darüber, dass ich schneller vorankam. Die Fortbewegung auf allen Vieren hätte meine Stimmung noch mehr verschlechtert.

Ich nahm Proben aus verschiedenen Gängen und aus den Höhlen, die kleiner waren, aber dafür interessante Gesteinsgebilde aufwiesen. Es hatten sich mineralische Formen gebildet, die in ihrem Aussehen, Pflanzen ähnelten und ich brachte einige Zeit damit zu, Teile davon abzutrennen, die klein genug sein mussten, damit sie in die Probenbehälter passten.

Meine Versuche, nicht an den Menschen zu denken, zeigten wenig Wirkung und ich beschloss, mich wieder in Richtung Ausgang vorzuarbeiten.

Ich musste ihn erst aus der Höhle holen, vorher schien er mir keine Ruhe zu lassen. Seine Stimme ließ mich immer wieder aufschrecken und ich realisierte, dass ich mich meiner Verantwortung stellen und ihm helfen musste.

Es gab nur ein Ereignis, das ansonsten fähig gewesen war, mich so aufzuschrecken. Es war der Angriff der Seraner, den ich im Alter von fünf Jahren miterlebte und der schrecklich genug war mir noch vierzehn Jahre danach den Schlaf zu rauben.

Ich könnte die Erinnerungen daran löschen lassen und wahrscheinlich wäre dies fehlerfrei möglich aber was meine Erinnerungen betrifft, begrenzt sich meine Bereitschaft, der Wissenschaft blind zu vertrauen.

Obwohl ich mich schnell bewegte, kam es mir vor, als ob der Weg zurück kein Ende nehmen wollte. Ich musste gleichzeitig ständig mit der Probenentnahme fortfahren, wobei ich die Proben einfach wahllos aus meiner Umgebung entnahm. Ich zwang mich ruhig zu atmen und als ich den senkrechten, steil abfallenden Eingang erreichte, verharrte ich, um zu hören, ob ich aus dieser sicheren Entfernung ein Lebenszeichen von ihm hören konnte.

Ich überlegte, ob es doch möglich sein konnte, dass er es aus eigener Kraft nach oben geschafft hatte, aber es erschien mir unwahrscheinlich.

Mir fiel der Scanner ein. Natürlich. Ich brauchte nur den Scanner zu aktivieren und ich würde sofort Gewissheit haben, wo er sich aufhielt. Warum hatte ich nicht gleich daran gedacht? *Ich war mit zu vielen Dingen gleichzeitig beschäftigt, das verhinderte Genauigkeit.*

Er lag immer noch auf dem Boden. Zwar war er etwas weiter in Richtung Ausgang gekrochen aber anscheinend reichte seine Kraft nicht aus, um eine größere Distanz zu überwinden.

Es sah tatsächlich so aus, als wäre er ohne meine Hilfe zum Sterben verurteilt und ich konnte ihn nicht einfach sich selbst überlassen.

Es stellte sich ein Automatismus ein und es fühlte sich an, als würde dieser zunehmend die Herrschaft über mich und meine Entscheidungen gewinnen. Niemals zuvor hatte ich dieses Gefühl, handeln zu müssen, obwohl ich die Handlung an sich verabscheute.

Meine Anspannung war körperlich spürbar, indem sich meine Haut unangenehm zusammenzog. Ich fragte mich, wer sonst noch Zugriff auf mich hatte, wenn ich nicht mehr der Einzige war, der meine Sinne kontrollierte.

Ich kletterte den Höhleneingang hinunter und meine aktivierte Tarnung verhinderte, dass er mich sehen konnte aber er hörte meine Schritte.

»Hey, bist du endlich zurück?« Es klang vorwurfsvoll und er hustete schwach. Seine Worte hörten sich kraftlos an aber ich konnte eine leichte Hoffnung darin ausmachen, die sich wohl auf mich bezog.

»Ich dachte schon, du kommst nicht wieder«, sagte er langsam und ich konnte die Verzweiflung heraushören, die in seinen Worten lag.

»Ja«. Ich begann, mich wohler zu fühlen. »Ich bringe dich nach oben«. Es sollte beruhigend klingen aber er lachte nur schwach.

»Guter Witz. Wie willst du das schaffen? Ich komme keine zwei Meter nach oben«, entgegnete er mir.

»Halt dich an mir fest«, forderte ich ihn auf und legte seine Arme auf meine Schultern, aber als seine Hände kraftlos an mir abrutschten, erkannte ich, wie schwach er war.

Ich würde ihn wieder an mir festbinden müssen, um ihn auf dem Weg nach oben nicht zu verlieren, denn wenn er fallen sollte, würde das vermutlich seinen Tod bedeuten und das wollte ich nicht riskieren.

Ich nahm seine Arme und zog ihn auf meinen Rücken. Er stöhnte und während ich uns mit seinen Seilen zusammenband, fing er stärker an zu husten. Er schrie laut auf, als ich die Seile festzog. Es war höchste Zeit, ihn nach draußen zu bringen und mein vorherrschender Gedanke, war der, ihn möglichst schnell aus der Höhle zu schaffen. Das schien mir seine Rettung zu sein, ohne dass ich je daran dachte, was ich draußen mit ihm tun sollte.

Er verhielt sich vollkommen ruhig und an der schweren, kraftlosen Art, mit der er auf meinem Rücken hing, erkannte ich, dass er das Bewusstsein verloren hatte.

Ich kletterte langsam und mühelos, trotz der Last auf meinem Rücken. Die glatte Wand bot mir genug Halt.

Das Seil, das die Menschen als Hilfsmittel hängen gelassen hatten, brauchte ich nicht. Es würde nur meinen Schwerpunkt ungünstig verlagern.

Unsere Körper waren durch die Seile fest verbunden und diese fehlende Distanz empfand ich als extrem unangenehm.

Ich hoffte, dass er keine Flüssigkeiten absondern würde, die an meiner Ausrüstung haften blieben und ansonsten brachte seine Bewusstlosigkeit den Vorteil, dass er nicht sprach.

Durch meine Bewegungen zur Seite, baumelten seine Beine ständig hin und her und ich versuchte gleichmäßig zu klettern, um seine Bewegungen klein zu halten und ihn zu schonen.

Er war ein wenig leichter als ich, aber es bestand kein großer Gewichtsunterschied zwischen uns. Seine Statur erschien mir, für einen Menschen, sehr kraftvoll und relativ groß. Ich hatte mir die Menschen anders vorgestellt. Kleiner und weniger massig. So sahen sie zumindest auf dem Bild aus, das uns Omgran gezeigt hatte, aber damals interessierte ich mich nicht für sie.

Jetzt wäre jede Information über sie hilfreich. Ich wusste nichts über ihre Körperfunktionen und noch, während ich das letzte Stück nach oben kletterte, wurde mir bewusst, dass ich keinen Plan dafür hatte, was ich tun sollte und ich würde auch niemanden um Rat fragen können. Auch meine Probenentnahme musste ich so schnell wie möglich wieder aufnehmen.

Es regnete leicht, als wir die Oberfläche erreichten und ich trug ihn noch ein kurzes Stück bis ich eine bewachsene Stelle fand, auf der ich ihn ablegte. Seine Augen öffneten sich einen Spalt breit, aber ich hatte nicht den Eindruck, dass er wirklich etwas erkennen konnte.

»Ich sehe nichts«, flüsterte er schwach, wobei er leicht hustete und sich langsam ein wenig Blut den Weg aus seinem Mund bahnte.

Mit Erstaunen sah ich, dass noch mehr davon nachlief und es nicht gestoppt wurde. Es lief langsam vor sich hin und sein Fluss wurde nicht verlangsamt.

»Hör zu.« Ich versuchte mich auf meine Worte zu konzentrieren. »Es fließt Blut aus deinem Mund. Ist das normal?«

Vielleicht war es normal. Genauso, wie das Wasser, das die Menschen über ihre Haut ausscheiden konnten. Ja, vielleicht war es normal und er würde es seltsam finden, dass ich danach fragte aber das spielte keine Rolle.

»Ja, das ist normal, du Spinner«, hauchte er und die Erleichterung, die ich verspürte, fühlte sich gut an.

»Das sind innere Blutungen«, sagte er gerade noch so laut, dass ich es hören konnte.

Er wusste also, welcher Art seine Verletzungen waren. *Das war gut. Informiert zu sein ist immer besser, als nichts zu wissen.*

Ich spürte Erleichterung und die innere Gewissheit, dass sein Körper sich selbst helfen würde, verschaffte mir einen kurzen Moment der Zufriedenheit. Das empfand ich zumindest, als ich beruhigend auf ihn einsprach: »Gut. Das ist gut«.

Er sprach leise aber ich konnte jedes Wort verstehen.

»Ich weiß ja nicht, von welchem Stamm du kommst aber ich hab noch nie ein größeres Arschloch als dich getroffen.« Die Worte kamen langsam aus seinem Mund und es schien, als legte er den gesamten Hass, den er sammeln konnte, in jedes einzelne Wort.

»Du bist so ein Idiot«, fügte er verachtend hinzu. »Wenn du schon keine Hilfe holst, dann hau doch ab. Ich hoffe sie finden mich, bevor ich hier elend verrecken muss«

Anscheinend ging er fest davon aus, dass er sterben würde, wenn sie ihn nicht fänden und vielleicht hatte er recht, schließlich kannte er sich selbst besser.

»Ich ging davon aus, dass sich die Blutung selber stoppt.«, versuchte ich ihm zu erklären aber er schien mich nicht ernst zu nehmen.

»Ja klar. Natürlich. Die Blutung stoppt sich selber. Wo hast du diesen Mist gelesen? Aber erzähl was du willst, es ist sowieso egal.«

Seine Worte erzeugten Unbehagen und ich spürte, dass mir nicht mehr viel Zeit zum Handeln blieb. Ich musste irgendeine Lösung für das Problem finden, sonst würde er sterben. In diesem Punkt begann ich langsam, seine Ansicht zu teilen.

Wenn ich die Stelle fand, an der das Blut auslief, konnte ich sie vielleicht verschließen, überlegte ich und dann fiel mir der Scanner ein. Ja, der Scanner. Ich konnte versuchen, die Stelle mit dem Scanner zu finden. Meine Gedanken überschlugen sich, als ich versuchte, den Scanner ein feineres Bild zeichnen zu lassen, um Gefäße erkennen zu können.

Es funktionierte. Ich konnte die genaue Position des Lecks ausfindig machen. Ich spürte eine aufregende Energie, die mich durchströmte und die ins Nichts zu verpuffen drohte, als mir klar wurde, dass ich zwar eine Information besaß aber sie würde mir nichts nützen. Ich wusste zwar, wo sich das Leck befand aber ich hatte keinen Plan für eine rettende Handlung.

»Sag mir, wie ich die Blutung stoppen kann«, forderte ich ihn auf.

Er hustete. »Das kannst du nicht«.

»Hör zu. Ich habe die Stelle gefunden, aus der die Blutung kommt und ich müsste sie nur noch schließen.«

Anscheinend bemerkte er, dass ich es ernst meinte und er zeigte sich nicht mehr ganz so verschlossen.

»Ok. Du willst es nicht kapieren«, fing er ganz ruhig zu sprechen an. »Es gibt nichts, was du tun kannst. In einem Krankenhaus vielleicht aber nicht hier draußen.«

Er machte eine kurze Pause: »Du Idiot könntest mich wenigstens ins Trockene bringen. Das könntest du wenigstens tun«, sagte er wieder mit seinem verächtlichen Unterton. Seine Kleidung und sein Gesicht waren völlig nass.

Ich hatte mir darüber keine Gedanken gemacht. Regen ist auf Cygron selten und wir gehen meist ins Freie, wenn es regnet, um die kostbaren Tropfen zu spüren.

Auf der Erde fühlte sich der Regen kälter an und anscheinend war er ihm unangenehm.

Ich schob einen Arm unter seinen Kopf, drehte ihn leicht zur Seite, um den anderen Arm unter seinen Körper zu schieben und hob ihn vorsichtig auf.

Der nächste Felsvorsprung lag ein wenig entfernt und ich trug ihn auf meinen Armen, während ich versuchte, vorsichtig zu laufen, damit er möglichst wenige Erschütterungen abbekam. Es fühlte sich seltsam an, dieses fremde Wesen in meinen Armen zu halten.

Ich hatte noch niemals zuvor jemanden getragen und jetzt musste es ausgerechnet dieser Mensch sein. Zudem fand ich es irritierend, dass ich als weibliches Wesen ein männliches Wesen einer anderen Spezies trug.

»Hm«, brummte er und es klang einerseits unwillig aber er schien auch irgendwie erleichtert darüber, dass ich bei ihm geblieben bin.

Der Felsvorsprung bot Schutz vor dem Regen und ich legte ihn auf den Steinen unter dem Felsvorsprung ab. Er schien schwächer zu werden, denn sein Husten wurde leiser. Es lief ihm immer noch Blut aus dem Mund und ich bemerkte, dass es auch über meinen Arm lief, bevor es zu Boden tropfe.

Für einen Cygronier war es ungewöhnlich, laufendes Blut zu betrachten. Ich dachte daran, wie überlegen doch unsere Körperfunktionen, denen der Menschen waren und hielt inne. Das war es. Das war die Lösung, nach der ich gesucht hatte. Ich konnte einige Blutstropfen von mir in die Wunde laufen lassen und vielleicht würde das die Blutung stoppen. Ob es tatsächlich funktionieren würde, wusste ich nicht und ich wusste auch nicht, was es für Konsequenzen für ihn hatte. Vielleicht würde er daran sterben, aber sterben würde er vermutlich auch ohne mein Handeln. Ich musste ihn fragen.

Ich musste ihn um Erlaubnis fragen, bevor ich so etwas tun konnte und ich musste überlegen, ob ich es wirklich tun wollte. Ich musste mich verletzen, um ihm Blut abzugeben und das war keine angenehme Vorstellung.

»Hör zu«, sagte ich bestimmend. »Ich kann versuchen, dir zu helfen«. Ich atmete tief ein.

»Ich bin kein Mensch aber mein Blut hat verdickende

Eigenschaften. Ich könnte ein paar Tropfen in deine Wunde geben und vielleicht stoppt es die Blutung aber ich weiß es nicht sicher.«

Seine Augen suchten mich erfolglos. Er schloss sie wieder und begann heftiger zu atmen.

»Mein Gott, mit was für einem Verrückten hab ich es hier zu tun«. Es klang resigniert und ich begriff, dass ich mich ihm zeigen musste, damit er mich verstand. Er würde mir sonst niemals glauben.

Meine Tarnung zu deaktivieren, empfand ich als Erleichterung. Ich zeigte mich ihm, als das, was ich war, eine Cygronierin.

Er sah mich an, öffnete und schloss seine Augen einige Male wieder und erwartete anscheinend, dass sich das Bild, das sich ihm bot, verändern würde.

Ich konnte nicht einschätzen, ob das Mondlicht ausreichte, um mich gut zu sehen. Sein Mund bewegte sich, aber er sprach nicht. Er wirkte verstört.

»Ich kann das nicht glauben. Du sprichst unsere Sprache«, sagte er ungläubig, während er seine Augen fester zusammendrückte.

»Die Sprache, die du hörst, ist nicht meine Sprache. Es ist ein Gerät, das die Sprache umwandelt. Warte. Ich schalte es ab und spreche in meiner Sprache zu dir.«

Um sicher zu gehen, dass er mir glaubte, sprach ich einige Worte zu ihm, die anscheinend fremdartig genug klangen, um ihn zumindest an seiner Überzeugung zweifeln zu lassen.

Langsam hob er die Hand, um mein Gesicht zu berühren, das ich über ihn gebeugt hatte. Er fühlte meine verdickte Haut und ließ seine Hand wieder fallen.

»Ich glaub es nicht«, sagte er zweifelnd. Anscheinend hatte ich ihn noch nicht restlos überzeugen können. »Nimm die Stirnlampe aus meinem Rucksack, sie funktioniert zwar nicht mehr richtig aber...«, forderte er mich leise auf, bevor er stockte und seine Stimme klang verängstigt.

Die Lampe flackerte, während ich sie so vor mein Gesicht hielt, dass er mich eindeutiger sehen konnte.

»Ach du Scheiße...« Er hob seine Finger, um mein Gesicht erneut zu berühren, stockte aber kurz davor.

Ich aktivierte den Sprachumwandler wieder und entgegnete ihm fordernd: »Du musst dich entscheiden. Ich weiß nicht, ob es funktionieren wird, ob du überleben wirst und ich weiß nicht, welche Auswirkungen es haben wird.«

»Von was sprichst du?« Das Sprechen strengte ihn an und das Blut, das er hustete, wurde mehr.

Ich erklärte ihm noch einmal, dass ich vorhatte, seine Blutung zu stoppen, aber nichts über die Auswirkungen, die eine Blutübertagung haben konnte, wusste.

»Du meinst, du willst mir etwas von deinem Blut abgeben?«, sein entsetztes Gesicht verriet mir, dass der Gedanke mehr als abschreckend für ihn war. »Es sieht so aus als hab ich keine andere Wahl. Wenn ich weiterleben will…« Seine Worte waren kaum noch zu verstehen.

»Vermutlich, ja.«

Er überlegte nicht lange. »Mach es einfach«, hauchte er nur noch verzweifelt und mit anscheinend letzter Kraft. »Mach es«, konnte er nur noch leise von sich geben, bevor er erneut das Bewusstsein verlor.

BLUT

Die Situation schien unrealistisch und irgendwie hatte ich das Gefühl, dass die Geschehnisse nicht wirklich real waren. Ich sammelte meine Konzentration und versuchte seinen Körper, an der Stelle die ich brauchte, von der Kleidung zu befreien. Die Fasern zerrissen, als ich zu fest daran zog, aber das spielte keine Rolle.

Seine Haut fühlte sich ungewohnt weich an und aus einigen Stellen wuchsen Haare. Ich setzte noch einmal den Scanner ein, um die richtige Stelle exakt zu orten. Die Haut war dünn aber doch widerstandsfähig und ich musste sie öffnen, um die undichte Stelle zu erreichen.

Meine Überlegungen, was sich dafür wohl am besten eignen würde, brachten mich auf den Gesteinslaser. Wenn ich ihn ganz schwach einstellen würde, sollte er in der Lage sein, die Haut vorsichtig zu öffnen, ohne noch größere Verletzungen zu verursachen.

Ich versuchte es erst an einem Stück seiner Kleidung und kam zu dem Ergebnis, dass es gut funktionieren könnte. Dann hielt ich den Laser waagrecht und durchtrennte ein Haar, das auf seiner Brust wuchs, was ebenfalls ohne Probleme gelang. Gut. Ich musste es versuchen, uns blieb nicht viel Zeit.

Ich öffnete seinen Körper und die Menge an roter Körperflüssigkeit, die mir dabei entgegen kam, übertraf bei weitem meine Erwartungen. Entsetzt stellte ich fest, dass mir nur wenig mehr als ein Nichts an Zeit bleiben würde, um zu handeln, bevor sämtliches Blut seinen Körper verließ. Es schien nur so aus ihm heraus zu laufen und ich hatte kein Wissen darüber, über welche Menge er verfügte und auf wie viel er wohl verzichten konnte.

Auch wenn ich keine Kenntnisse über den Körper eines Menschen hatte, wusste ich, dass es von meinen Entscheidungen abhing, ob er überleben würde oder nicht.

Ich hielt den Laser über meinen Finger und setzte zum Schnitt an. Es fühlte sich unangenehm dumpf und heiß an, als der Strahl einen kleinen Schnitt durch meine dicke Hautschicht machte. Ich musste mich beeilen, um einige Tropfen herauszudrücken, bevor sich meine Wunde wieder schließen würde.

In meiner Erinnerung sehe ich sie immer noch genau vor mir. Es waren drei Tropfen, jeder für sich und sie schienen einen Moment in der Luft zu schweben, als ob sie kurz anhalten würden, bevor sie sich entschlossen, in seine Wunde zu fallen.

Bis dahin ging alles gut. Die Blutung ließ nach. Langsamer als ich angenommen hatte aber sie wurde deutlich schwächer. Ich wartete noch eine Weile, um ganz sicher zu gehen und meine Anspannung lockerte sich erst als ich sehen konnte dass sich seine Blutgefäße wieder schlossen und die Blutung aufhörte.

Es schien mir richtig, noch etwas Speichel in die Wunde zu geben, damit Keime geringere Chancen hatten, sich auszubreiten und ich hoffte, es würde die Heilung beschleunigen.

Die Haut ließ sich leicht wieder zusammenschieben und ich holte den Kautschuk aus meiner Ausrüstung, um die Wunde damit zu verkleben.

Ich atmete tief ein, lehnte mich zurück und betrachtete mit ein wenig Abstand die Aufgabe, die ich gemeistert hatte. Ein angenehmes, warmes Gefühl durchströmte mich und ich war davon überzeugt, dass er es überleben würde.

Erst jetzt bemerkte ich, wie viel Energie es mich gekostet hatte, diese Aufgabe zu bewältigen. Die Folgen waren ungewiss aber ich hatte eine Situation erlebt, die so unglaublich schien, dass ich nur hoffen konnte, dass sie mir in der Zukunft nicht allzu oft wieder in meine Erinnerung kommen würde.

Was würde Gesson dazu sagen, fragte ich mich. Er würde vermutlich stolz auf mich sein und überrascht. Ja, er wäre überrascht, denn diese Art des eigenmächtigen Handelns, war eine Seite, die er an mir noch nicht kannte.

Es war eine Seite, die ich selber an mir noch nicht kannte. Ein eigenmächtiges Handeln ohne Sicherheiten und der für mich so wichtigen Ordnung.

Nach so viel Flüssigkeitsverlust, brauchte er vermutlich Wasser, dachte ich mir und suchte in seiner Ausrüstung nach dem Flüssigkeitsbehälter, aus dem er getrunken hatte. Ich nahm ihn mit zu dem kleinen Bergsee, an dem wir uns das erste Mal begegneten. Ich lief schneller, um meine Anspannung zu lösen und konnte nicht verhindern, dass meine Gedanken um den Menschen kreisten.

Seit unserem ersten Zusammentreffen war einiges geschehen und es kam mir vor, als wäre ich nicht mehr ganz dieselbe, die ihm zuerst gegenüber stand.

Irgendwie begann ich mich anders zu fühlen. Schon während ich mich erhoben hatte, um Wasser zu holen, fühlte ich einen seltsamen Schwindel in meinem Kopf, der sich fremd anfühlte. Der Weg zum Bergsee kam mir länger vor, als er tatsächlich war und ich fühlte, dass in mir etwas zu arbeiten begann, das ich nicht beschreiben konnte.

Etwas Fremdes versuchte sich seinen Weg zu bahnen und ich machte mir Gedanken darüber, was es war und vor allem, ob es gefährlich für mich sein konnte.

Zuerst spürte ich Angst. Es war nur etwas Angst, aber sie breitete sich leise aus. Doch als ich die Ursache für dieses fremde Gefühl erkannte, wich diese harmlose Angst dem Gefühl des puren Entsetzens.

Ich hatte mich niedergebeugt, um den Behälter mit Wasser aus dem Bergsee zu füllen, als mein Blick auf meinen Finger fiel und das, was ich sah, ließ mich erstarren. Meine Haut spannte sich, während ich reglos auf meine Hand starrte.

Es tropfte ganz langsam aber das änderte nichts an der Tatsache, dass es tropfte. Die Wunde müsste sich längst geschlossen haben. Es war unmöglich, dass immer noch Blut aus dem Schnitt lief, den ich mir mit dem Laser selbst zugefügt hatte.

Meine Gedanken versuchten ordentlich zu arbeiten, aber egal nach welcher Information ich in ihnen suchte, es brachte mich nur zu der einen schockierenden Erkenntnis.

Es spielte keine Rolle welcher Art ein Schnitt oder eine Verletzung war. Die verdickende Wirkung unseres Blutes setzte sofort ein und es tropfte nicht nach, schon gar nicht nach der inzwischen vergangenen Zeit. Es sei denn, etwas würde den Verdickungsprozess verlangsamen.

Ich spulte meine Erinnerungen zurück an die Stelle, an der ich den Eingriff vornahm. Langsam ließ ich die Erinnerungen laufen. Ich hatte aufgepasst. Ich war achtsam vorgegangen, aber die Menge des Blutes hatte mich irritiert. Ganz langsam ließ ich meine Erinnerungen vorbeiziehen und fast übersah ich es. Es war nur ein kurzer Moment aber so wie es aussah, würde er Folgen haben.

Ich sah, wie meine Blutstropfen in seiner Wunde verschwanden und während ich darauf wartete, dass die verschließende Wirkung einsetzte, stützte ich mich auf dem Boden ab. Wobei ich nicht darauf achtete, dass ich inmitten einer Blutlache kniete.

Im Nachhinein betrachtet fand ich es unglaublich leichtsinnig und ich konnte nicht verstehen, wie ich dermaßen unvorsichtig hatte handeln können.

So oft ich die Erinnerung auch wieder abrief, es würde nichts mehr ändern und es ließ sich auch nicht wieder rückgängig machen.

»Zzzzaaaaaaaaaahhhaazzzzaaaaaahhhhhzzzzzz.«

Wenn ein Cygronier in der Nähe gewesen wäre, hätte dieser Schrei es fertig gebracht, ihm einen gehörigen Schrecken zu versetzen. Aber es befand sich kein Cygronier in der Nähe und es war auch sonst niemand da, außer diesem Menschen.

Es war sein Blut, das den Verdickungsprozess verlangsamt hatte. Ich hatte nicht aufgepasst und es hatte die Gelegenheit in dem kurzen Moment, in dem dies möglich sein konnte, in meine offene Wunde zu gelangen.

Es schien unglaublich, einfach unfassbar. Es war nichts, was ich in diesem Moment richtig begreifen konnte.

Unser Blut hatte die Gelegenheit gehabt, sich zu vermischen. Ich fand es entsetzlich und wenn mein eigenmächtiges Handeln irgendwie bestraft werden würde, dann war dies hiermit geschehen. Eine schwerwiegendere Strafe konnte ich mir, jedenfalls in diesem gegenwärtigen Moment, nicht vorstellen.

Einen klaren Gedanken zu fassen, schien unmöglich. Die Vielzahl der Überlegungen, die durch meinen Kopf rasten, blockierten sich nur immer wieder gegenseitig.

Ich versuchte, meinen Finger in dem Bergsee abzuwaschen, wobei das natürlich gar nichts nützen würde. In meiner Verzweiflung stürzte ich mich in den Bergsee mit seinem schrecklich kalten Wasser, was ich unter normalen Umständen niemals getan hätte.

Meine Versuche, mich von seinem Blut zu befreien, gelangen zwar äußerlich aber das eigentliche Problem der inneren Verunreinigung, vermochte ich nicht zu beseitigen.

Ich setzte sogar den Laser an und öffnete den Schnitt erneut, in der Hoffnung, dass sein Blut noch nicht weit genug vorgedrungen war und ich es vielleicht noch irgendwie herausdrücken konnte, aber ich glaubte selbst nicht daran, dass meine Anstrengungen erfolgreich sein würden.

Es ließ sich nicht mehr rückgängig machen, das spürte ich.

Ich musste sofort die Besatzung des Raumgleiters informieren, vielleicht gab es eine Lösung. Ich konnte dieses Menschenblut nicht in meinem Körper lassen.

Aber was sollte ich berichten? Sie würden wissen wollen, was geschehen ist und sie würden es genau wissen wollen.

Ich musste feststellen, dass ich keinen Schritt weiter

war als in der Höhle. Ich hatte ihn nicht getötet, um meine Zukunft nicht zu irritieren. Und was hatte ich jetzt davon?

Würde ich es verheimlich können, dass das Blut einer fremden Existenz sich mit meinem vermischt hatte oder würde es sofort angezeigt werden, wenn ich nach meiner Rückkehr auf den Gleiter dekontaminiert und untersucht wurde?

In meinem Kopf schienen nur noch Fragen zu sein. Fragen, die ich nicht beantworten konnte und die eine Art Angst in mir aufkommen ließen, die mich zutiefst verunsicherte.

Diese tiefe Angst, gepaart mit dem Ekel, der mich beim bloßen Gedanken an die fremde Flüssigkeit, die sich in meinem Körper befand überkam, lähmte mich unglaublich.

Ein derartiger Ekel war mir fremd. Vor was hätte ich mich auch auf Cygron in dieser Heftigkeit ekeln sollen?

Vielleicht war es auch die Tatsache, dass ich den Umständen ausgeliefert zu sein schien, die ich nicht akzeptieren konnte, die meine Angst nicht weichen ließ.

Es zeigte sich eine Angst vor dem, was mich erwartete und eine Ungewissheit vor der Zukunft, wenn ich daran dachte, dass eine menschliche Körperflüssigkeit durch meine Bahnen floss. Vor allem hatte ich Angst davor, dies alles alleine bewältigen zu müssen. Ich konnte mich niemanden anvertrauen und niemand würde mir helfen.

Wenn es auch nicht viel Flüssigkeit gewesen sein konnte, so hatte sie doch ausgereicht, um die Fließeigenschaften meines Blutes zu verändern.

Wenn eine so geringe Menge eine derartige Wirkung hatte, was mochte dann noch in mir geschehen? Ich verfügte über keinerlei Wissen darüber, welche Auswirkungen eine derartige Übertragung haben würde. Nachforschungen darüber konnte ich frühestens auf dem Raumgleiter betreiben und das würde eindeutig zu spät sein.

Es blieb mir nichts anderes übrig, als meine Gedankengänge zu stoppen, bevor sie mich überforderten. Es machte keinen Sinn jetzt über Dinge nachzudenken, die sich nicht mehr rückgängig machen ließen.

Ich würde es akzeptieren müssen. Auch wenn es im Moment für mich inakzeptabel war, konnte ich es nicht mehr ändern und ich hätte alles dafür gegeben, diese Mission abbrechen zu können.

Ich prüfte noch einige Male, anhand kleinerer Verletzungen, die ich mir mit dem Laser zufügte, ob sich die Fließeigenschaften meines Blutes wieder normalisierten aber meine Hoffnungen wurden nur jedesmal wieder aufs Neue zunichte gemacht.

Es blieb mir keine Wahl. Ich musste mich damit abfinden, dass etwas von dem Menschen nun auch in mir floss, so entsetzlich dieser Gedanke auch war. Etwas von ihm gehörte jetzt zu mir und die Vermutung lag nahe, dass sich daran auch in Zukunft nichts ändern würde. Ich würde es mit nach Hause nehmen.

Langsam begann ich zu realisieren, dass meine Realität nicht mehr die gleiche sein würde. Ich hatte bisher ein Leben gelebt, in dem ich mich sicher fühlte. Auf Cygron hatte ich meine Ordnung, einen Ablauf, der sich im Allgemeinen nicht großartig änderte. Jeder Tag schien vorhersehbar zu sein und vor allem sicher. Bis zu der Berufung zu dieser Mission.

Damit hatte die Veränderung begonnen und ich hatte es gewusst. Irgendwie hatte ich immer gewusst, dass diese Mission für mich nichts Gutes bringen würde.

Meine Welt bestand nicht mehr nur aus meiner Welt und ich war nicht mehr nur ich. Die Tatsache, dass mein Aufenthalt auf der Erde noch einige Tage andauern würde, kam erschwerend hinzu. Die Erde sofort verlassen zu können, hätte einen Ausweg bedeutet, zumindest vorübergehend.

Jetzt musste ich meine Entscheidungen sofort treffen. Ich würde diesen Planeten kein zweites Mal betreten, da war ich mir sicher. Wir hatten keine weitere Mission zur Erde vorgesehen und es müsste schon eine außerordentlich wichtige Entdeckung sein, die den Aufwand einer erneuten Mission rechtfertigen würde.

Ich versuchte mein Interesse an diesem Planeten auf den Gedanken zu fokussieren, dass ich ihn bald verlassen würde. Das gab mir die Kraft, mich wieder auf den eigentlichen Zweck meines Aufenthaltes auf der Erde zu besinnen und ich war fest entschlossen, die Probenentnahme fortzusetzen.

Darauf sollte ich mich konzentrieren und auf nichts anderes.

Ich füllte den Behälter mit Wasser und beschloss, dass es das Letzte war, was ich für ihn tun wollte. Ich würde ihm das Wasser bringen und dann musste er endgültig alleine zurechtkommen.

Mehr konnte ich nicht für ihn tun und mehr wollte ich nicht für ihn tun.

DIE VERBINDUNG

Er lag immer noch genauso und unverändert da, wie ich ihn verlassen hatte. Anscheinend schlief er und ich würde ihn ganz sicher nicht wecken. Ich legte den Wasserbehälter neben seine Hand, scannte die Gegend und entfernte mich.

Ich aktivierte meine Tarnung, während ich wieder dazu überging, Proben zu entnehmen. Die Menge der Behälter, die ich noch zu füllen hatte, frustrierte mich und wieder würde ich meine Erholungszeit verkürzen müssen, um mein Arbeitspensum zu schaffen. Ich arbeitete diszipliniert und suchte dann einen weiter entfernten Felsen auf, um dort die restlichen Sonnenstunden für meinen Erholungsschlaf zu nutzen.

Omgran schreckte mich aus meinem Schlaf, als er nachfragte, warum ich das Kontrollsignal nicht gesendet hatte.

Ich antwortete, dass mein Tag und Nachtrhythmus durch die Arbeit in den Höhlen etwas durch-einander gekommen war und ich den Zeitpunkt verpasst hatte.

Die Pause, die er beim Sprechen machte, zeigte mir deutlich, dass es ihm mehr als missfiel, wenn ich meine

Anweisungen nicht befolgte und er sich nicht auf mich verlassen konnte.

Die Worte, die folgten, waren eindeutig und unmissverständlich. Er ging davon aus, dass meine Kondition nachließ und dass ich mehr Energie für die Anpassung an die Bedingungen auf der Erde benötigt hatte, als angenommen.

Er gab mir die Anweisung, meine Arbeitsleistung trotzdem einzuhalten und wenn sich mein Befinden verschlechterte, würde er mich sofort auf den Gleiter zurückholen. Das hielt er für sinnvoller, als etwa eine vorübergehende Verringerung meiner Arbeitsleistung.

Omgran zeigte sich in seiner Wortwahl zurückhaltend aber ich wusste, dass ich mir keine Verfehlungen mehr erlauben durfte. Er würde nicht zögern und mich sofort zurückholen, wenn er es für notwendig hielt.

Der Schlaf, den ich bekommen hatte, reichte nicht aus, um mich von den Anstrengungen des letzten Tages zu erholen. Es schien weniger eine körperliche Anstrengung zu sein, die ich fühlte. Sie spielte sich mehr in meinem Kopf ab und beschwerte von dort aus meinen gesamten Körper.

Ich kannte diese Schwere nicht. Wieso sollten Gedanken auch beschwerend wirken? Sie besitzen doch schließlich kein eigenes Gewicht. Jedenfalls kein messbares. Trotzdem schienen sie in der Lage zu sein, meinen Körper derart zu beeinflussen, dass es mir schwerfiel, meiner eigentlichen Arbeit nachzugehen.

Ich suchte nach einem Eingang, der mir neue Höhlengänge zugängig machte und es kostete mich Überwindung, hinabzuklettern und mit der Probenentnahme zu beginnen.

Selbst das Klettern brachte mir nicht die Befriedigung, die ich sonst dabei empfand und die Zeit bis zum Sonnenaufgang verbrachte ich in einer gleichgültigen Eintönigkeit.

Es erleichterte meine Arbeit sogar, wenn ich nichts dabei dachte aber ich empfand diesen Zustand mehr als unbefriedigend. Auf Cygron setzte ich immer meinen Verstand ein und meine Arbeit als Vernetzerin erforderte Konzentration.

Ich musste es als unbefriedigend empfinden, einer Arbeit nachzugehen, bei der meine Intelligenz keine Rolle spielte. Ich wusste, dass mein Einsatz nur körperlicher Natur war und ich hatte mich damit abgefunden aber die Umstände der letzten Tage brachten meine Ordnung durcheinander.

Wenigstens meine körperliche Arbeitsleistung konnte ich soweit steigern, dass sie mich zufriedenstellte. Ich konnte zwei Tage hintereinander ungestört ausreichend Proben sammeln und hatte es fast geschafft, den Menschen aus meinen Gedanken zu verbannen. Einige Stellen sahen durchaus interessant aus, was mich aber nicht wirklich begeistern konnte. Mein vorherrschender Gedanke war der, endlich ausreichend Schlaf zu bekommen. Dieser Planet schaffte es, dass ich mich permanent in einem Müdigkeitszustand befand.

Die Sonne schien mir nur kurz auf den Panzer, als ich aus der Höhle kletterte und die Wolken, die sich vor sie schoben, ihren Regen zu entladen begannen. Das Wetter änderte sich in dieser Gegend schnell und ich hoffte, dass sich während meiner Ruhephase die Sonne erneut zeigen würde.

Das war der mich beherrschende Gedanke, bevor ich einschlief.

Die Lautstärke der Töne, die in mein Gehör drangen, ließ mich aus meinem Schlaf aufschrecken und noch, bevor ich etwas sehen konnte, sprang ich reflexartig auf, bereit, mich zu wehren. Mit was auch immer ich es zu tun hatte. Ich fühlte mich bereit, mein Leben zu verteidigen.

Ich würde mir die letzten Tage, die ich noch auf der Erde verbringen musste, nicht mehr durcheinander bringen lassen. Meine Grenzen waren mehr als erreicht und ich fühlte mich nicht imstande, sie erneut zu überschreiten.

Mit einer Kampfbereitschaft, die mir fast befremdlich erschien, stand ich auf dem Felsen. Bereit, mich mit aller Kraft zu wehren und überzeugt davon, dass es ein Leichtes sein würde, meinen Gegner zu besiegen, musste ich feststellen, dass es keinen Gegner gab.

Es gab Niemanden, der mir ins Gehör geschrien hatte und es gab Niemanden, der mir gegenüber stand. Der Scanner zeigte kein Lebenszeichen in meiner direkten

Umgebung an, so sehr ich auch danach suchte. Es fanden sich keine Spuren einer anderen größeren Existenz.

Außer dem Menschen, der sich weiter entfernt aufhielt und der sich, wie ich auf dem Scanner erkennen konnte, noch immer in liegender Position befand.

Auf Cygron war ich nie irgendwelchen, die Sinneseindrücke täuschenden Einflüssen begegnet. Es erschreckte und verunsicherte mich, Eindrücken ausgesetzt zu sein, die etwas vortäuschten, das nicht der tatsächlichen Realität entsprach.

Die Erklärungen, die ich verzweifelt zu finden versuchte, erschienen mir ungenügend und ich schaffte es nicht, mich zu beruhigen. Es konnte sein, dass Schlafmangel meine körperliche Leistungsfähigkeit einschränkte und die Umgebungsbedingungen meine Sinneswahrnehmungen veränderten, aber irgendetwas fühlte sich irritierend an.

Ich war fest davon überzeugt, keiner Täuschung zu unterliegen aber ich hatte keine Erklärung. Neben diesem diffusen, unerklärlichen Gefühl gab es noch etwas, das nicht greifbar zu sein schien und das ich nicht beschreiben konnte.

Es kam nicht von mir und ich hatte keinen Einfluss darauf. Es schien aus jemand Anderem zu entspringen und ich wusste, dass ich nicht in der Lage sein würde es zu kontrollieren, da ich nicht der Sender war.

Erst, als es noch einmal in mein Gehör dröhnte, erkannte ich meinen Namen, der geschrien wurde. Ich konnte ihn eindeutig erkennen und da wurde mir klar, wessen Empfänger ich war.

Die entstellte Version meines Namens hörte nicht auf in mein Gehör zu dröhnen und ob ich es wollte oder nicht, fühlte ich mich gezwungen, nach dem Menschen zu sehen. Ich konnte das Dröhnen unmöglich ignorieren, dazu war es zu laut.

Ich musste mich mit ihm auseinandersetzen und ich würde darauf bestehen, dass er mir eine Erklärung liefern und dafür sorgen würde, dass die Schallwellen wieder aus meinem Kopf verschwanden.

Er hatte sich ein kleines Stück bewegt und lag jetzt zwar regungslos, aber mit etwas erhöhtem Oberkörper, an die Felswand gelehnt. Der Wasserbehälter befand sich in seiner Hand und ich konnte schon aus einiger Entfernung, an der Art wie er ihn hielt erkennen, dass er leer sein musste.

»Eria«, rief er leise und während er sprach, begann das Dröhnen in meinem Kopf leiser zu werden und schließlich ganz zu verschwinden. »Hey. Wo bist du?«, fragte er leise und wohl nicht in der Annahme, dass ich nah genug war, um seine Worte zu hören, da er mich wegen meiner immer noch aktivierten Tarnung nicht sehen konnte.

Meine Erleichterung darüber, dass das Dröhnen aufgehört hatte, machte der Erkenntnis Platz, dass er anscheinend die Macht über Vorgänge, die in meinem Kopf abliefen, besaß.

Vielleicht konnte er es an und abstellten, wie es ihm beliebte und betrachtete mich als Opfer seiner Willkür. Ich blockierte diese erschreckenden Gedanken und zog es vor, mich den Tatsachen zu stellen.

Natürlich gab es noch die theoretische Möglichkeit, mich auf den Raumgleiter holen zu lassen und diesen meine Grenzen sprengenden Aufenthalt auf der Erde zu beenden, aber ich zog es nicht wirklich in Betracht.

Nach Allem, was ich hier bereits erlebt hatte, konnte nicht mehr viel, wirklich Schockierendes, geschehen.

Ich würde mich nicht bezwingen lassen, schon gar nicht von einem Menschen, aber ich kannte seine Möglichkeiten nicht. Wenn ich die Erde wieder verlassen hatte, würde er allerdings keinen Einfluss mehr auf mich haben. Da war ich mir ganz sicher.

Er lag vor mir und seine Augen blickten in meine Richtung, ohne dass sie mich sehen konnten und während ich die Tarnung deaktivierte, beobachtete ich seinen Gesichtsausdruck.

Ich konnte seine Gedanken spüren. Sie wechselten sich ab. Ich fühlte einerseits sein Entsetzten darüber, dass er es wirklich mit einem Wesen anderer Art zu tun hatte, gepaart mit der Unfähigkeit, das als wahr akzeptieren zu können, was er sah.

Ich spürte die dringende Notwendigkeit, dass er Flüssigkeit zu sich nehmen musste und ich beugte mich, ohne Worte zu ihm herunter, um ihm den Behälter aus der Hand zu nehmen.

Er zeigte keinerlei Gegenwehr, im Gegenteil. Er verstand sofort, dass ich Wasser für ihn holen wollte und es bestand eine seltsame Vertrautheit und ein gewisser Automatismus zwischen *uns,* der sich mehr als befremdlich auszubreiten schien.

Ich konnte seinen Flüssigkeitsmangel körperlich fühlen und ich unterlag keiner Einbildung. Ich spürte ein unangenehmes, ausgetrocknetes Gefühl, das ich bisher noch nicht kannte und ich stellte fest, dass es unangenehmer war, als ich vermutet hatte. Es fühlte sich beängstigend an, fast bedrohlich und die Heftigkeit der Angst, die er empfand, erstaunte mich.

Wasser schien für ihn eine größere Bedeutung zu haben, als ich angenommen hatte. Es schien seine Existenz zu bedrohen, wenn nicht ausreichend Flüssigkeit zur Verfügung stand.

Anscheinend verfügte die Erde über unerschöpfliche Wasservorräte und die Menschen konnten so viel davon nutzen, wie sie wollten.

Das Wasser war für ihn, wie die Wärme für mich. Ich brauchte Wärme für eine volle Leistungsfähigkeit und für ihn schien es die Flüssigkeit zu sein, die seinen Körper versorgte.

Generell finde ich Abhängigkeiten nicht gut, aber solange das Benötigte in ausreichender Menge vorhanden ist, stellen sie nicht unbedingt ein Problem dar. Schwierig wird es erst, wenn die Quelle, die diese Abhängigkeit speist, in ihrer Ordnung gestört wird.

Allerdings brauchte ich mir darüber keine Gedanken zu machen da auf Cygron die Pflege unserer Ressourcen höchste Priorität hatte und alles Nötige zur Sicherung unserer Existenz getan wurde. Die Ressourcen der Erde brauchten mich nicht zu interessieren, da es feststand dass ich diesen Planeten bald wieder verlassen würde.

Während der Zeit, die ich benötigte, um zum Bergsee und wieder zurück zu gelangen, wurde mir langsam bewusst, was ich angerichtet hatte.

Anscheinend wurde durch die wenigen Blutstropfen, die wir versehentlich ausgetauscht hatten, mehr übertragen, als nur die Flüssigkeit an sich.

Es schien eine Art Informationsweg zu sein, der unsere Körper miteinander kommunizieren ließ. Wissenschaftlich gesehen kannte ich keine Erklärung dafür und ich hatte noch nie zuvor von einer Möglichkeit gehört, Informationen über Körperflüssigkeiten zu übertragen.

Was nichts daran änderte, dass ich begann, seine Gefühle und Gedanken wahrzunehmen. Ich schien ihn zu verstehen und seine Signale waren zu eindeutig, um sie als Fiktion hinzustellen.

Wie umfassend sich diese Übertragung ausbreitete, konnte ich noch nicht beurteilen, aber ich hoffte doch, dass sich die Wahrnehmungen, die ihn betrafen in Grenzen halten und nicht allzu umfangreich sein würden.

Ich hatte kein großes Interesse daran, was er fühlte oder dachte. Obwohl ich mir eingestehen musste, dass ich, was ihn betraf, nicht mehr ganz so gleichgültig war.

Meine Neugier war geweckt worden und ich befürchtete, dass es die Situation komplizierter machen würde. Das Ganze würde eine Eigendynamik entwickeln, der ich mich vermutlich nicht ganz entziehen konnte.

Ich nahm mir vor nicht mehr Zeit als unbedingt notwendig mit ihm zu verbringen aber Eines musste ich mit ihm klären. Wenn ich Zugang zu seinen Gedanken und Wahrnehmungen hatte, bestand die Möglichkeit, dass er ebenfalls Zugang zu meinem Innenleben hatte?

Allein die theoretische Vorstellung, dass es ihm möglich war, sorgte dafür, dass sich meine Haut vor lauter Widerwillen zusammenzog und ich mich zwingen musste, langsam zu atmen, um nicht die Kontrolle zu verlieren.

Das langsame Atmen stellte die effizienteste Möglichkeit dar, meine Körperspannung zu lockern und es kam mir vor, als wäre es eine der letzten Funktionen, über die ich noch vollständig die alleinige Kontrolle besaß.

Bevor er in meinem Blickfeld erschien, scannte ich die Gegend ab und gab mein Signal an den Gleiter. Ich wollte sichergehen, dass es keine Störungen gab, während ich mich mit ihm beschäftigen musste. Er alleine war schon irritierend genug und noch mehr ungeplante Geschehnisse musste ich ausschließen.

Die kühlen Regentropfen, die erst langsam, dann heftiger auf mich fielen, entspannten die Situation etwas. Ich blieb kurz stehen, um die Tropfen zu spüren, schloss für einen Moment die Augen und dachte an meinen Heimatplaneten.

Ich konnte seine Atmosphäre in einer Intensität spüren, die mich erstaunte. Die Regentropfen schienen den Staub von mir abzuwaschen und die heiße, dicke Luft zu reinigen.

Das Bild, das ich vor Augen hatte, zeigte sich erstaunlich eindeutig. Es war unglaublich eindeutig und als, wie aus dem Nichts, Gesson in diesem Bild auftauchte und auf mich zu lief, wusste ich für einen Augenblick nicht mehr ganz genau, wo ich mich tatsächlich befand.

Erst als Gesson sich wieder entfernte und langsam aus dem Bild verschwand, konnte ich mich überwinden und die Augen öffnen.

Die Vorstellung, wieder auf Cygron zu sein, hatte mich überwältigt und die Klarheit, mit der diese Täuschung auftrat überraschte mich.

Das Bild zeigte sich überaus real. Ich konnte Details erkennen und ich konnte sie fühlen. Es war eine perfekte Täuschung. Wie ein Bild, das sich in meinen Kopf gelegt hatte. Ein Bild, das bereits fertig war, bevor ich es wahrgenommen hatte und ich konnte nicht eindeutig spüren, ob ich es erschaffen hatte. Vielleicht dachte auch Gesson gerade in diesem Augenblick an mich.

Etwas in meiner Wahrnehmung schien gestört zu sein und ich fühlte mich getäuscht. Die Vorstellung nicht real existierender Situationen, war spürbar intensiver als gewohnt.

Ich dachte an die Blutstropfen. Ich sah sie vor mir, wie sie kurz in der Luft schwebten, bevor sie in die Wunde des Menschen fielen und ich sah meine Hand, wie sie sich am Boden inmitten des Blutes, das er verloren hatte, abstützte.

Dieser kurze Moment der Unachtsamkeit hatte ausgereicht, um mich zu verändern. Ich spürte genau, dass die Körperflüssigkeit des Menschen, die ich versehentlich aufgenommen hatte, mich verändern würde. Vermutlich mehr als ich mir vorstellen wollte.

»Eria«, dröhnte sein Ruf wieder in meinem Kopf. Ich war mir sicher, dass er nicht wirklich gerufen hatte, dazu stand ich schon zu nahe bei dem Felsen, unter dem er sich befand und es hätte einen Nachhall geben müssen.

Der Regen wurde stärker und ein Gewitter näherte sich. Ich blieb stehen, um den Blitz zu betrachten, der gleich erscheinen würde. Ich konnte ihn spüren, bevor er sich zeigte. Die mächtige Kraft eines Blitzes und ihr immenser Wert für die Energieversorgung sind faszinierend.

Ich beobachtete seine Ausläufer und brauchte mir hier auf der Erde keine Gedanken darüber zu machen, welche Magnetstränge er durcheinander bringen würde, die ich wieder ordnen müsste.

Schon aus einiger Entfernung konnte ich erkennen, dass der Mensch seine Position verändert hatte. Es schien ihm besser zu gehen und anscheinend war er in der Lage, sich zu bewegen.

Er bot einen seltsamen Anblick. Auf dem Rücken liegend hatte er seinen Kopf soweit unter dem Felsen hervorgeschoben, dass es ihm möglich war, mit geöffnetem Mund Regen aufzufangen.

Dabei sah er alles andere als zufrieden aus, was mich nicht daran hindern konnte, spontan darüber zu lachen.

Seine Reaktion darauf schien eine Mischung aus Wut darüber zu sein, dass ich ihn auslachte und Erschrecken über die grollende Lautstärke meines Lachens.

»Lachst du oder was soll das sein?«, fragte er mich verärgert, wobei er seinen nassen Kopf hob und seinen Körper langsam wieder ganz unter den Felsen rutschte.

»Den Tag, an dem ich dich sympathisch finde, wird es vermutlich nicht geben«, fügte er verächtlich hinzu, wobei er verlangend seine Hand ausstreckte.

»Es war keine Absicht«, stellte ich fest und gab ihm den Behälter, wobei sich unsere Gliedmaßen kurz berührten.

Die Berührung ließ uns beide gleichzeitig zusammenzucken. Unsere Finger berührten sich nur einen winzigen Moment, aber der Blick in seine Augen verriet mir, dass es ihn genauso irritierte, wie mich.

»Was war keine Absicht. Dass du gelacht hast?«, fragte er nach.

»Alles. Es war alles keine Absicht«, versuchte ich zu erklären, wobei ich nicht wusste, womit ich anfangen sollte, um ihm unsere Situation zu schildern.

»Willst du dich entschuldigen? Vergiss es«. Seine Worte klangen unversöhnlich und sein Gesichtsausdruck verriet Ablehnung.

Am besten würde es sein, wenn ich ihm die Geschehnisse ganz sachlich ausführen würde. Ich konnte keine Rücksicht auf seine Reaktion nehmen und es würde an der Situation nichts ändern. Die Bedingungen waren vorgegeben und wir konnten nichts mehr daran ändern.

Ich hatte immer noch nicht vor, mich länger als notwendig mit ihm zu beschäftigen. Unser Problem würde sich über die Distanz lösen. Ich ging davon aus, dass die Verbindung, die wir hatten, einem Galaxienwechsel niemals standhalten würde.

»Wer ist Gesson?«.

Seine Frage traf mich so direkt, als hätte er wirklich mit einem gezielten Hieb gegen meine Stirnplatte geschlagen.

Der Mensch sah mich fragend an und er konnte nicht wissen, dass er soeben meine schlimmsten Befürchtungen bestätigt hatte. Es gab nur eine Möglichkeit, wie er von der Existenz Gessons erfahren haben konnte. Er hatte Zugang zu meinen Gedanken und anscheinend wunderte er sich nicht darüber. Vielleicht stellte es für ihn nichts Besonderes dar und Menschen waren dazu allgemein in der Lage. Das konnte eine Erklärung für unsere Verbindung sein. Waren Menschen in der Lage, ihre Gedanken und vielleicht auch die Gedanken anderer Spezies abzurufen?

Ich wusste nichts darüber, jedenfalls hatte kein Ausbilder jemals etwas Derartiges erwähnt.

»Was weißt du über Gesson?«, fragte ich ihn fordernd. Ich war entschlossen herauszufinden, wie weit er in meine Gedanken vordringen konnte.

»Nichts. Ich weiß nichts über Gesson.«, antwortete er mir und nachdem er merkte, dass ich ihm nicht glaube, fügte er erklärend hinzu: »Der Name war einfach da und ich wusste nur, dass es ein Name ist, der etwas mit dir zu tun hat. Das ist alles.«

Ich setzte mich langsam vor ihn auf den Boden und sah ihn mit meinen Augen fixierend an. Es hatte keinen Sinn mehr, mich innerlich zu wehren und ich wollte nicht davonlaufen, weil ich wusste, dass es mich nicht zufriedenstellen würde.

»Hör zu«. Ich begann meine Ausführungen über die Geschehnisse mit dem Zeitpunkt, als ich feststellte, dass er den Blutverlust nicht überleben würde. Er versuchte mich mehrmals zu unterbrechen aber ich ließ es nicht zu.

Ich berichtete meine Version der Geschehnisse und er zeigte sich keineswegs einverstanden damit. Er widersprach mir und konnte sich nicht mehr daran erinnern, in eine Blutübertragung eingewilligt zu haben.

Es schien ihm nicht mehr wichtig zu sein, dass er lebte und er schrie mich an, dass er lieber tot sein wollte, als mit meinem außerirdischen Blut verseucht, von dem er nicht wusste, was für Folgeschäden es in seinem Körper anrichtete.

Ich konnte mit meinen Worten kein Verständnis bei ihm erzeugen und nach einigen Versuchen, gab ich es auf zu sprechen. Seine Abwehr konnte ich mit Worten nicht durchbrechen.

Ich ging meine Erinnerungen noch einmal zu der Situation zurück, in der er mir sein Einverständnis gab. Er hatte mich sogar aufgefordert, zu handeln und meine Erinnerungen daran zeigten sich eindeutig und klar.

Wir hängen unsere Erinnerungen in Strängen auf, so dass sie linear abrufbar und die Zeitfolgen geordnet sind. Es kommen allerdings Verklebungen vor und ich überlegte noch, ob es möglich war, ihm diese Erinnerung zugänglich zu machen, als mich seine Worte erreichten.

»Ok. Du hast recht«, es klang resigniert und er sah mich direkt an. Ich konnte keine Gefühlsregung bei ihm erkennen aber sein Blick war klar und er schien verstanden zu haben, was vorgefallen war.

»Ich erinnere mich langsam«, sagte er und es klang zweifelnd. »Es ist seltsam. Ich sehe mich, aber es fühlt sich an, als wäre ich es nicht selber.«

»Es sind meine Erinnerungen, die du siehst, nicht deine eigenen«, belehrte ich ihn, was er mir mit einem verächtlichen, ungläubigen Blick quittierte.

Er glaubte mir nicht und sagte provozierend: »Du bist verrückt.« Ich reagierte nicht auf seine Äußerung, während er ratlos ins Nichts starrte. Er richtete seinen Blick nach oben, wobei es in der Luft nichts zu sehen gab, aber es schien ihm bei seinen Überlegungen zu helfen.

»Gut, wenn du meinst. Dann zeig mir eine andere Erinnerung« und nach kurzer Überlegung forderte er mich auf: »Zeig mir, was in der Höhle passiert ist, als ich deine Ausrüstung fand.«

Natürlich hatte er eine Erinnerung gewählt, die eine für mich unangenehme Situation zeigen würde, aber es begann bereits zu dämmern und wir hatten keine Zeit zu verlieren.

Ich ging in meinen Erinnerungen zurück zu der Stelle, als ich aus dem Wasser auftauchte und er meine Ausrüstung untersuchte.

Die Intensität der Wut, die ich dabei körperlich spürte

überraschte mich. Ich hatte sie nicht derart stark in Erinnerung. Ich ließ die Handlung ablaufen und rechnete damit, dass er mich ständig unterbrechen würde, was er überraschenderweise nicht tat.

Er schien von dem Ablauf meiner Erinnerungen fasziniert zu sein und gab sich der Betrachtung hin.

»Du hast mich niedergeschlagen«, sagte er laut und vorwurfsvoll. »Hast du gesehen, wie hart du zugeschlagen hast? Du siehst doch aus, wie ein weibliches Wesen, oder nicht?«, es klang verächtlich.

»Ich wollte nicht so fest zuschlagen, es war ein Reflex«, versuchte ich zu erklären aber er schnaufte nur hasserfüllt aus. Er rieb mit den Händen über sein Gesicht, bedeckte seine Augen und schien mir damit vermitteln zu wollen, dass er genug gesehen hatte.

»Du musst die Blutübertragung sehen. Du musst sehen, dass es funktioniert hat«, versuchte ich sein Interesse wieder zu wecken.

Er ballte seine Hände so stark zu Fäusten dass sein ganzer Körper zitterte. Ich spürte seine Wut eindeutig aber ich konnte auch seine Neugier spüren.

»Dann mach schon«, schrie er mich ungeduldig an.

Ich zeigte ihm meine Erinnerungen. Es war sehr interessant, ihn dabei zu beobachten, wie er auf die Handlung reagierte. An seinen Gesichtsausdruck ließ sich ablesen, wie er das Geschehen nachfühlte, aber sein Körperzustand blieb dabei eher passiv.

Bis zu dem Moment, in dem er meine Erinnerungen stoppte. Die Blutstropfen standen in der Luft, als er sie, gewollt oder nicht, angehalten hatte.

Wir sahen uns einen Moment lang an, bevor wir zu den Erinnerungen zurückkehrten, in denen die Tropfen ihre Position noch immer nicht verlassen hatten.

Er ließ die Handlung nicht weiter laufen. Seine Gedanken schienen ihn zu sehr zu beschäftigen. Sein Blick war nach oben gerichtet und er schien in seinen Gedanken zu suchen.

Ich wartete, während die Tropfen immer noch zwischen uns zu hängen schienen.

Er zeigte keine Regung, worauf ich den Rest der Erinnerung an die Operation verdoppelte und ihm zuschob, denn die Zeit ließ nicht mit sich verhandeln und ich musste meine Arbeit beginnen.

»Hey! Wo willst du hin? Du kannst doch jetzt nicht abhauen.« Er schien ihm unwohl dabei zu sein, dass ich ihn verlassen wollte. »Ich verstehe nicht, warum sie mich nicht suchen. Eigentlich müssten sie längst hier sein. «

»Ich muss meine Aufgabe erledigen«, erwiderte ich ihm und dachte mit Unbehagen daran, was ich tun würde, wenn weitere Menschen auftauchten.

»Wie lange brauchst du dafür?«.

»Die Nacht.«

»Du meinst, du bist die ganze Nacht weg«, er schien zu überlegen, ob er daran etwas ändern könnte.

»Ich habe viel Blut verloren und das klebt jetzt alles hier an den Steinen. Es könnte Tiere anlocken«, er klang sehr verunsichert. Anscheinend wollte er nicht alleine bleiben.

»Du warst die ganzen letzten Nächte alleine«, sagte ich, während er zu überlegen schien. »Du kannst Verbindung zu mir aufnehmen. Im Notfall«, fügte ich hinzu und hoffte, dass wir unter einem Notfall das Gleiche verstanden.

»Ich habe dir Erinnerungen gegeben, du kannst sie anschauen«, sagte ich zu ihm, während ich ein paar Schritte rückwärts ging, mich dann umdrehte, um möglichst schnell Distanz zwischen uns zu bringen.

Ich scannte die Gegend, um einen neuen Höhleneingang zu suchen. Die Zeit, die ich mit ihm verbracht hatte, fehlte mir für meine Arbeit und es stellte sich eine gewisse Unzufriedenheit ein bei dem Gedanken, meine Aufgabe erneut nicht optimal zu erledigen.

Der Eingang, den ich auswählte befand sich in einiger Distanz und ich nutzte die Gelegenheit eines schnellen Laufes dazu, meine Gedanken zu sortieren.

Der senkrechte Einstieg gab mir endlich wieder Gelegenheit zum Klettern und auch in den Höhlen befanden sich steilere Stücke, die ich bewältigen musste und die mir dabei halfen, nicht ständig an den Menschen zu denken.

Das enorme Arbeitspensum, das ich mir für diese Nacht vorgenommen hatte erfüllte seinen Zweck und beschäftigte mich ausreichend. Ich sendete noch mehr Proben, als in den vergangenen Nächten und Omgran meldete sich kurz, um mir mitzuteilen, dass er sich Sorgen über meine Verfassung gemacht hatte, wozu jetzt anscheinend kein Anlass mehr bestand.

Er zeigte sich sehr zufrieden mit meiner Arbeitsleistung und ermutigte mich, die Nächte, die noch ausstanden, ebenfalls für einen intensiven Arbeitseinsatz zu nutzen. Die Mission sollte positiv verlaufen und er war bestrebt, Erfolge vorzuweisen. Die kurzen Tests, die sie bereits auf dem Raumgleiter, mit einigen Proben, gemacht hatten, stellten sich als interessant heraus. Das Material besaß durchaus Potenzial zur Veränderung und Weiterentwicklung.

Er zeigte sich zufrieden und vermittelte mir das Gefühl, dass ich es ebenfalls sein sollte, wobei ich Mühe hatte, mich auf das zu konzentrieren, was er sagte und froh war, als er den Kontakt beendete.

Was er gesagt hatte, hinterließ ein unangenehmes Gefühl in mir und es dauerte einen Moment, bis ich den Auslöser dafür fand. Es hatte mich nicht großartig interessiert, ob die Mission erfolgreich abschnitt oder nicht und mein Empfinden dafür fühlte sich ungewohnt passiv an.

Was mich unangenehm traf, war die Tatsache, dass er die wenigen Nächte erwähnte, die mir noch für meine Arbeit blieben. Das war es, was mir nicht gefiel. Der

Gedanke, dass ich meinen Einsatz bald geschafft hatte, brachte die Erkenntnis mit sich, dass mir nicht mehr viel Zeit blieb, um Gewissheit über ungeklärte Dinge zu erlangen.

Das war die Zeit, die uns blieb, vorausgesetzt der Mensch würde sich ebenfalls so lange hier aufhalten.

Ich hatte ihn nicht danach gefragt, wie lange er noch bleiben würde und er hatte mir keine Information darüber gegeben. Sie würden nach ihm suchen und diese Ungewissheit gefiel mir nicht. Ich musste mir eingestehen, dass mein Interesse an ihm stetig wuchs. Die Umstände begannen meine Situation zu verändern und ich fühlte mich auf eine unangenehme Weise zu ihm hingezogen.

Das Gefühl der Freude, die Erde bald verlassen zu dürfen, geriet ins Stocken und es schien unsere Verbindung zu sein, die daran zog, um die Freude zurückzuhalten.

Ich schloss die Probenentnahme ab und machte mich auf den Rückweg. Die Zeit, die mir blieb, würde ich nutzen und ich hatte nicht vor, meine Heimreise mit einer Menge unbeantworteter Fragen anzutreten, die mich in unangenehmer Art beschäftigen würden.

Wieder fühlte ich mich getrieben und nicht ganz in der Alleinherrschaft über meine Entscheidungen und Gedanken. Vielleicht war es normal, dass man sich auf einem fremden Planeten den dortigen Gegebenheiten anpasste und nicht ganz ausschließen konnte, dass sich *gewisse Verhaltensweisen übertrugen. Vielleicht war es so. Vermutlich spielten in meinem Fall aber andere Gründe eine größere Rolle.*

In dem Moment, als ich den senkrechten Höhlenausstieg erreichte, tauchte sein Bild vor mir auf. *Die Situation erinnerte mich daran, wie ich aus der Wasserstelle auftauchte und ihn entdeckte, nur, dass sich meine Gefühle für ihn verändert hatten. Ich empfand keinen Hass mehr für ihn. Ich konnte das Gefühl nicht benennen, da es sich nicht eindeutig fassen ließ, aber es fühlte sich nicht wie Hass an.*

Seit ich ihn angegriffen hatte, war verhältnismäßig wenig Zeit vergangen und die Verbundenheit, die ich zu ihm spürte, konnte unter normalen Umständen keinesfalls während einer solch kurzen Zeitspanne entstehen. Schon gar nicht konnte sie zu einem Wesen anderer Art entstehen. Wenn dies überhaupt möglich sein sollte, dann sicher nur in einer Generationen übergreifenden Zeitspanne.

Ich wusste nicht, wie lange es dauern würde, bis zwischen zwei unterschiedlichen Existenzen eine Verbindung entstehen konnte, aber mit Sicherheit stellte unsere Verbindung eine einzigartige Besonderheit dar. Ob diese Verbindung gewollt war oder nicht, spielte keine Rolle mehr. Sie war da und ich wollte sie nicht ungenutzt lassen.

Diese Entscheidung wurde langsam zur Gewissheit für mich und ich machte mich auf den Weg zu dem Felsvorsprung, unter dem er sich befand.

»Hast du Hunger? Schmeckt fantastisch«. Die Worte, die er sagte, widersprachen seinem Gesichtsausdruck und mein fragender Blick ließ ihn wohl hinzufügen: »Grässlich, dieses Zeug, aber es macht satt«.

Er schob sich einen Gegenstand, auf den er etwas gehäuft hatte, in den Mund und zog ihn leer wieder heraus. Das schien ein normaler Vorgang der Nahrungsaufnahme zu sein.

»Was ist jetzt dein Notfall?«, fragte er und sein Gesichtsausdruck zeigte Befriedigung, wobei er mit der Nahrungsaufnahme fortfuhr.

Ich fühlte mich ertappt und es schien ihm zu gefallen, dass ich ihn zuerst kontaktiert hatte und nicht umgekehrt.

»Wann holen sie dich?«, fragte ich ihn, denn ich ging davon aus, dass ihn das Transportmittel, das ihn hergebracht hatte, auch wieder abholen würde.

»In vier Tagen. Der Hubschrauber kommt vormittags, vorausgesetzt das Wetter spielt nicht verrückt.«

»Gut«, ich machte mir nicht die Mühe meine Erleichterung zu verstecken.

»Kann sein, dass mein Team nach mir sucht. Sie haben zwar meinen Alleingang akzeptiert, aber sie konnten keinen Kontakt zu mir aufnehmen und vielleicht suchen sie mich«.

Ich musste vorsichtig sein. Den Kontakt zu weiteren

Er saß mit dem Rücken an die Felswand gelehnt und als ich mich neben ihn setzten wollte, hielt er mir den Wasserbehälter entgegen. Ich nahm ihn und zeigte mich erstaunt darüber, dass er noch voll war.

»Ich hatte keinen Durst«, sagte er beiläufig, wobei er sich, im Gegensatz zu mir, keinerlei Gedanken darüber zu machen schien.

Er, als wasserabhängiges Wesen, hätte längst etwas trinken müssen. Ich beschloss erst einmal abzuwarten, bevor ich ihn verunsicherte. Vielleicht hatten ihm die Regentropfen, die er getrunken hatte, ausgereicht.

»Ich denke, es ist das Beste, wenn du mich zum Bergsee bringst. Ich sehe aus wie ein Schlachtschwein mit dem ganzen Blut, das an mir klebt«, sagte er, wobei er bei dem Wort *Blut* verächtlich das Gesicht verzog.

Er verstaute den Behälter in seiner Ausrüstung und streckte mir seine Hand entgegen.

»Vielleicht kann ich auch selber laufen, wenn du mir hilfst«.

Seine Stimme klang unsicher und es war für uns beide ein mehr als ungewohntes Gefühl, die Hand des anderen zu umfassen. Er erschrak kurz und ich lockerte meinen Griff etwas. Anscheinend hatte ich zu fest gedrückt aber seine Haut gab nach und seine Knochen ließen sich leicht verschieben.

Ich hatte mit mehr Stabilität gerechnet und zudem war seine Hand feucht.

Es schien keinen Körperteil zu geben, aus dem kein Wasser entweichen konnte. Mit diesen Händen würde klettern nicht möglich sein, jedenfalls nicht so wie ich es tat. Das Stehen gelang ihm, wobei er sich mehr auf mich stützte, als dass er auf seinen eigenen Beinen stand.

Unsere Köpfe befanden sich direkt nebeneinander. Ich konnte den Lufthauch spüren, der zusammen mit seinen Worten aus seinem Mund kam und ich konnte seinen Körper riechen.

Ich konnte zwei Gerüche ausmachen. Einer umgab ihn von außen und der Andere schien sein innerer Geruch zu sein. Das erschien mir ungewöhnlich.

Cygronier riechen innerlich und äußerlich gleich, zumindest ist mir nie jemand begegnet, bei dem es anders war. Es ist ein Geruch, der sich im Laufe des Lebens nicht großartig verändert und meist nehmen wir ihn nur unterschwellig wahr. Er ist nicht wirklich wichtig und die Informationen, die er enthält, werden eher unterbewusst vermittelt.

»Ich finde auch nicht, dass du besonders gut riechst«, unterbrach er meine Gedanken und ich fand, dass er eine seltsame Art hatte, sich mir mitzuteilen.

Wie er sich auf mich stützte, gefiel mir nicht und ich empfand unsere Fortbewegung mühsam. Seine Beine machten einen etwas instabilen Eindruck und er atmete schnell.

»Bleib stehen«, forderte ich ihn auf. »Es geht schneller, wenn ich dich trage.«

Er zog seine Stirnhaut in Falten und dachte doch tatsächlich daran, ob ich ihn fallen lassen würde.

»Vergiss nicht. Ich sehe, was du denkst«, erinnerte ich ihn.

»Na, wenn du eh alles weißt, brauchen wir ja keine Geheimnisse mehr haben«, er breitete seine Arme aus und sagte: »Auf was wartest du dann noch?«. Sein Gesichtsausdruck entspannte sich allmählich.

Ich duckte mich vor ihm, um ihn auf meinen Rücken zu holen. Es gab einen kurzen Ruck, als ich an seinen Armen zog.

»Hey, etwas vorsichtiger, bitte.«, er zuckte kurz vor Schmerz zusammen.

Ich versuchte, die Erschütterung für ihn gering zu halten und bewegte mich in einer langsamen Geschwindigkeit voran. Es schien ihm zu gefallen. Er klopfte mit den Knöcheln seiner Hand meine Rückenpanzerung ab.

»Ist ziemlich fest, dein Panzer«, er klopfte prüfend weiter. »Ist aber trotzdem erstaunlich flexibel. Wofür sind die Vertiefungen?«, wollte er wissen.

Ich erklärte ihm, dass die Vertiefungen für die Krallen des Nachwuchses bestimmt sind, um sich darin einzuhaken und das schien ihn zu beeindrucken.

»Ihr tragt euren Nachwuchs auf dem Rücken?«

»Das ist am Besten. Der Nachwuchs sieht alles, ist immer dabei und alle Arbeiten können verrichtet werden. Vater und Mutter können sich abwechseln«.

Er hatte nur einen kurzen Moment gezögert, bevor er fragte.

»Das klingt cool. Na, ja, vorausgesetzt die Eltern sind sich einig.«

»Worin sollten sie sich einig sein?«, fragte ich, ohne eine Antwort auf diese überflüssige Frage zu erwarten. Die Thematik war für mich abgeschlossen, für ihn anscheinend nicht, denn er fragte weiter.

»Vielleicht gibt es ja auch bei euch Väter, die es einfach nicht machen wollen, weil sie die Verantwortung fürchten oder keine Zeit haben….«

»Überleg dir, was du sprichst«, unterbrach ich ihn und meine Stimme klang verärgert. »Ich kenne keine Art, deren Intelligenz so gering ist, dass sie ihren Nachwuchs nicht pflegt. Unser Nachwuchs ist das Wertvollste, was wir haben. Er sichert unseren Fortbestand und er ist unsere Zukunft.«

Selbst beim Sprechen konnte ich es noch nicht richtig glauben, dass es überhaupt erforderlich war, jemandem die Bedeutung seines Nachwuchses zu erklären. Das war ein eindeutiges Merkmal für den geringen Intelligenzgrad, den die Menschen hatten.

Dieser Mangel an Intelligenz war nicht immer spürbar und es gab Ansätze, die mir zeigten, dass durchaus Potenzial im Menschen steckte. Anscheinend konnten sie es aber nicht immer abrufen.

»Du solltest deine Zeit nicht mit unlogischen Dingen verschwenden«, riet ich ihm, aber er gab nicht auf.

»Das ist keineswegs unlogisch. Es gibt viele Väter, die sich nicht um ihren Nachwuchs kümmern. Warum auch immer«.

»Hast du als Mensch einen Grund nötig, um dich um deinen Nachwuchs zu kümmern?«, fragte ich ihn ungläubig. Er gab mir keine Antwort und wir beschäftigten uns nicht länger mit Selbstverständlichem.

Der Bergsee lag offen vor uns und in der näheren Umgebung gab es keinen Unterschlupf. Ich setzte ihn am Rand des Sees ab und er begann sofort, sich über das Wasser zu beugen. Er tauchte seinen Kopf in das kalte Nass und rieb sich mit den Händen heftig über das Gesicht, wobei er einiges an Lauten von sich gab.

Ich nutzte die Gelegenheit, stellte seinen Rucksack neben ihm ab, aktivierte meine Tarnung und entfernte mich. Die Müdigkeit war körperlich spürbar geworden und ich wollte meine Körpertemperatur aufheizen und schlafen.

Der Felsen, den ich mir dafür aussuchte, befand sich in der Nähe. Ich kletterte auf seine Spitze und konnte den Menschen von meinem Ruheplatz aus beobachten. Allerdings war er mit sich selbst beschäftigt und mich holte der Schlaf ein, den ich in den vergangenen Tagen vernachlässigt hatte. Die Luft auf der Erde gab mir zeitweise das Gefühl, nicht genug von ihr zu bekommen und in der Ruheposition fiel mir das Atmen leichter.

Ein gleichmäßiges Klopfen weckte mich und es fühlte sich an, als bewegte sich etwas in meinem Kopf. Dann setzte ein Ziehen ein, das immer stärker wurde und es begann schmerzhaft zu werden. Es entstand ein Druck, der mein Gehirn zusammenquetschte. So fühlte es sich jedenfalls an.

Kopfschmerzen. Dieses Wort schlich sich in meine Gedanken. Es war mir fremd und ich hatte nie davon gehört, dass Schmerzen im Kopf entstehen können. Von außen natürlich, durch einen Schlag oder Sturz aber Schmerzen, die innen begannen und ohne eine Einwirkung von außen auftauchten, wirkten bedrohlich.

»Eria«. Ich konnte nicht unterscheiden, ob er seine Worte tatsächlich sprach oder sie nur dachte. Es klang fremd für mich, wenn er mich Eria nannte, weil seine Frequenz so anders und seine Möglichkeiten begrenzt waren aber er war nur ein Mensch, er konnte es nicht besser.

Der Schmerz wurde langsam unangenehm und ich fühlte mich veranlasst, etwas dagegen zu unternehmen. Ich beschloss ihn aufzusuchen, um die Ursache des Schmerzes zu eliminieren.

Er hatte sich etwas vom Wasser zurückgezogen und saß auf dem steinigen Boden in der Sonne wobei er etwas in seiner Ausrüstung suchte. Als er aufsah, bemerkte ich, dass sein Kopf gerötet war.

»Wo warst du? Hier ist weit und breit kein Schatten und es ist verdammt heiß in der Sonne«, sagte er vorwurfsvoll und suchte weiter.

»Gott sei Dank, hier sind sie. Ich dachte schon, ich hätte sie vergessen.« Er schien sehr erleichtert über seinen Fund zu sein. Er nahm etwas zu sich und trank aus seinem Behälter. Dann schloss er die Augen und ließ seinen Kopf nach unten sinken.

»Gleich wird es besser. Diese verdammten Kopfschmerzen.«

Jetzt realisierte ich, dass es nicht meine Schmerzen waren, die ich spürte, sondern seine. Der Boden unter mir schien leicht zu schwanken. War es nicht schon mehr als genug, seine Gedanken zu empfangen, mussten es auch noch seine Schmerzen sein? Er hatte absolut keinen Nutzen davon, wenn jemand seine Schmerzen mitfühlte.

»Mach das nicht wieder«, sagte ich verärgert, wobei ich verächtlich auf ihn herabschaute.

»Was soll ich nicht wieder machen?«, fragte er scheinbar unwissend und sah mich fragend an.

»Du hast mir deine Schmerzen geschickt.«

»Was redest du für einen Mist«, sagte er verächtlich und nach einem Moment, in dem er sichtlich nachgedacht hatte, fügte er hinzu: »Jedenfalls nicht absichtlich. Ich habe an dich gedacht aber ich habe dir keinesfalls Schmerzen geschickt. Ich denke auch nicht, dass ich das könnte.«

Er schien mir nicht zu glauben.

»Ich hatte noch nie zuvor Schmerzen in meinem Kopf«, sagte ich wütend und die Vorstellung, dass sie vielleicht nicht mehr aufhören würden, machte mir Angst.

»Wie entsteht dieser Schmerz?«, fragte ich ihn und er überlegte kurz.

»Keine Ahnung. Aber es wird gleich besser, die Tabletten helfen ziemlich schnell«, sagte er fest überzeugt und es klang beruhigend.

Er sah mich mit einem durchdringenden Blick an und realisierte, dass ich ihn nicht verstand. Er erklärte mir, dass sie Tabletten für alle möglichen Krankheiten hätten, wobei diese auch wieder andere Beschwerden auslösen konnten. Ich erkannte wenig Sinn darin, aber er schien überzeugt zu sein und die Schmerzen ließen tatsächlich nach.

»Ich muss in den Schatten. Jetzt sofort«, sagte er und streckte mir seine Hand entgegen. Ich umfasste sie und irgendwie fühlte sie sich bereits vertrauter an.

Es war wenig Fremdes mehr an seiner Hand. Ich nahm ihn auf den Rücken und trug ihn bis zum nächsten Felsvorsprung, um ihn dort wieder abzusetzen.

Er schien sich langsam an meinem Anblick zu gewöhnen und ich entdeckte nur noch ein wenig Angst in seinen Augen. Ich ließ ihn von meinem Rücken rutschen und er sah mich mit einem durchdringenden Blick an, während meine Hände langsam an seinen Armen entlang bis zu seinen Händen glitten.

Dieses ungewohnte Blau seiner Augen verstörte mich und ich fühlte mich unkonzentriert, als mir plötzlich auffiel, dass er mich eigentlich gar nicht sehen durfte, da ich meine Tarnung immer noch aktiviert hatte.

Es konnte nicht sein. Die Tarnung funktionierte einwandfrei.

»Du kannst mich sehen?«, fragte ich nach und ich hoffte meine Befürchtungen würden nicht eintreffen.

»Sicher. Wieso sollte ich dich nicht sehen können?«, fragte er verständnislos und seine Stirnhaut faltete sich.

Ich erklärte ihm meine Tarnung, aber er schien nicht zu verstehen, wie sie funktionierte.

»So eine Tarnung wär manchmal gar nicht schlecht. Da würden sich schon einige Verwendungszwecke dafür finden«, sagte er und lachte. »Vorausgesetzt natürlich, sie funktioniert richtig«, fügte er hinzu und zog seine Mundwinkel nach oben.

»Sie funktioniert«, erwiderte ich mit Nachdruck.

»Vielleicht ist sie kaputt«. Der Gedanke schien ihm zu gefallen. Es machte den Eindruck, als würde es ihm gefallen, wenn etwas an meiner Technik nicht richtig funktionierte. »Du verstehst überhaupt keinen Spaß, oder?«, fragte er mich und schüttelte seinen Kopf dabei.

»Nicht auf diesem Planeten«, antwortete ich ihm und mein Tonfall hinderte ihn daran, weitere Fragen zu stellen.

Der Gedanke, dass die Tarnung defekt sein könnte, verunsicherte mich und ich wollte mich so schnell wie möglich von ihm entfernen, um die Funktion der Tarnvorrichtung zu überprüfen. Wenn sie allerdings einwandfrei funktionierte, bedeutete das, dass weitere Veränderungen mit uns vorgingen und ein Anpassungsprozess begonnen hatte, dessen Ausmaße sich nicht abschätzen ließen.

»Ich werde jetzt weiter schlafen«, sagte ich zu ihm und meine Bewegungen waren zu schnell, um ihm Zeit zu einer Reaktion zu lassen. Ich erreichte bereits die Felsspitze, als mich seine Gedanken einholten.

Ein Außerirdischer. Es ist unglaublich. Ich habe Kontakt zu einem Außerirdischen. Das glaubt mir kein Mensch. Seine Gedanken bewegten sich im Kreis und für mich spielte es keine Rolle, ob ihm jemand glauben würde oder nicht.

Ich brauchte Abstand zu ihm und während ich auf dem Felsen stand und meine Ausrüstung kontrollierte, wurde mir bewusst, wie gespalten mein Verhältnis zu ihm war.

Während ich einerseits eine wahnsinnige Neugierde

empfand, die mich immer wieder zu ihm hinzog, bestand der andere Teil aus Abwehr und auch etwas Verachtung. Beides würde niemals ein rundes Ganzes ergeben, egal wie viel Zeit wir auch zur Verfügung hätten.

Ich konnte keinen Fehler an meiner Tarnung finden, so sehr ich auch danach suchte. Sie schien einwandfrei zu funktionieren und die einzige Erklärung, die ich erkennen konnte, war die Annahme, dass sich seine Wahrnehmung verändert hatte. Wahrscheinlich war es so und es überraschte mich, mit welcher Geschwindigkeit sich körperliche Gegebenheiten verändern konnten.

Anscheinend konnten Menschen wandlungsfähiger sein, als ich dachte und ich hoffte, dass ihn die Veränderungen mehr betreffen würden, als mich. Schließlich war ich die intelligentere Spezies und ich ging davon aus, dass die Natur sich immer zu ihrem Vorteil veränderte.

Meine Gedanken schweiften nach Cygron ab, als ich auf dem Felsen lag und versuchte, mein Schlafdefizit auszugleichen. Nie zuvor hatte Schlaf eine größere Bedeutung für mich gehabt als hier auf der Erde. Er gehörte zu meinem Rhythmus und wie vieles schien er erst wichtig zu werden, wenn sich ein Mangel zeigte.

Der Aufenthalt auf einem fremden Planeten stellte sich als sehr ermüdend heraus. Ich brauchte Schlaf, um sicher zu sein, dass ich genug Energie hatte, um meine Arbeit ordnungsgemäß zu beenden.

Ich würde die beiden Tage noch schaffen, da war ich mir sicher. Viel Unerwartetes konnte nicht mehr eintreffen. Es war bereits mehr als genug davon geschehen. Selbst ein ungeordneter, irritierender Planet wie die Erde, konnte nicht unbegrenzt Unerwartetes bieten.

Mit seinem Bild vor Augen wachte ich auf. Lange hatte die Phase meines Schlafes nicht gedauert aber meine Erholung reichte einigermaßen aus. Er hatte seine Hand erhoben und es schien eine Art Gruß zu sein. Ich erhob ebenfalls meine Hand, obwohl ich immer noch auf dem Rücken lag und das Einzige was ich sah der Himmel über mir war. Es geschah automatisch und ohne, dass ich es bewusst gesteuert hatte.

Ich konnte ihn so eindeutig vor mir sehen, als wäre er wirklich nur eine Armlänge entfernt. Er holte einen Behälter mit Nahrung aus seiner Ausrüstung, setzte sich und lehnte sich mit dem Rücken an die Felswand. Er schien auf etwas zu warten, während er einfach nur geradeaus starrte.

Es schien mir, als würde er mich direkt ansehen und ich konnte fühlen, dass er mit dem Gefühl der Einsamkeit nicht gut zurecht kam. Ich stand auf und kletterte den Felsen herunter. Diese Verbindung, die zwischen uns bestand, wurde stärker, ob ich es wahr haben wollte oder nicht.

Es fing etwas an zu arbeiten, was sich wie ein unsichtbares Band anfühlte und es wuchs eine Art der Verbindung, die Kommunikation zuließ. Das Band übte einen Zug auf mich aus. Es zog mich und mein Wille kam mir untergeordnet vor.

Er sah mich etwas erstaunt an, als ich von dem Felsen sprang und vor dem Vorsprung landete.

»Du bist verdammt schnell«, sagte er betont langsam und sein Respekt war echt.

Er hatte mit seiner Nahrungsaufnahme auf mich gewartet und begann erst jetzt den Behälter, in dem sich sein Essen befand, zu öffnen.

»Ich hatte keine Lust, allein zu essen. Weißt du, ich hab in der letzten Zeit zu oft alleine gegessen«, es klang, als wollte er mir mehr erzählen. »Brauchst du nichts zu essen?«, fragte er mich nach einer kurzen Pause, wobei er mich ungläubig ansah.

Ich erklärte ihm, dass ich während meines Aufenthalts auf der Erde keine Nahrung aufzunehmen brauchte und dass wir nicht riskieren wollten, gefährliche Keime zu uns zu nehmen.

»Du musst nichts trinken?«, fragte er mich und sein Gesichtsausdruck zeigte mir, dass er das für unmöglich hielt.

Ich erklärte ihm die Funktion der Kapseln, die uns Flüssigkeit zuführten aber er verstand nicht, dass Wasser auch einen pulverisierten Zustand haben kann, der sich erst im Körper wieder in Flüssigkeit umwandelte.

Ich saß neben ihm und während er über meine Ausführungen nachzudenken schien, dachte ich an Gesson.

Gesson hatte die Angewohnheit, meine Arbeit zu stören, wenn er mich kontaktieren wollte. Ich bemerkte es, wenn die Störungsmeldung von einer Stelle kam, die ich bereits kontrolliert hatte. Dann nahm ich Geschwindigkeit mit dem Arbeitsgleiter auf und kam erst ganz knapp vor ihm zum Stehen, wobei er keine Regung zeigte.

»Es ist noch Platz zwischen uns«, sagte Gesson gewöhnlich und erst dann lachte er, wobei sein grollendes Lachen die ganze Umgebung erfüllte.

»Aah«, der Schrei hallte laut. »Was machst du? Du hättest ihn fast umgebracht«, die Stimme des Menschen klang vorwurfsvoll. Er verstand nicht, dass ich Gesson nicht gefährden würde. »Du beobachtest meine Gedanken«, erwiderte ich und meine Stimme verriet ihm, dass es mir nicht gefiel.

»Er ist mein Freund und es bestand keine Gefahr für ihn«, erwiderte ich ihm und ich war nicht gewillt, ihm mehr zu erzählen, wobei ich überzeugt davon war, dass Gesson nichts dagegen hätte.

»Das ist eine irre Geschwindigkeit, mit der du da unterwegs bist.« Er stand auf und machte langsam ein paar schleppende Schritte hin und her. Etwas schien ihn zu beunruhigen.

»Ich kann mir nicht vorstellen, dass sich ein Fahrzeug so schnell beherrschen lässt.« Er stand vor mir und sah mich ungläubig an.

»Es ist mein Arbeitsgleiter und du kannst dir sicher sein, dass ich seine Steuerung beherrsche«. Ich erklärte ihm, dass der Gleiter anhielt, wenn ich die magnetischen Verbindungen unterbrach und zu meiner Überraschung, schien er das zu verstehen. Magnetismus schien ihm nicht fremd zu sein.

Er bat mich darum und ich ließ ihn, in meinen Gedanken, mit dem Raumgleiter mitfahren. Ich fuhr die Magnetbahnen ab und er interessierte sich für meine Arbeit.

Ausgerechnet er begeisterte sich für meine Arbeit und das machte ihn fast ein wenig sympathisch. Wir fuhren eine ganze Weile die Magnetbahnen ab und er konnte gar nicht genug davon bekommen. Die schnelle Geschwindigkeit und die engen Wendungen ließen ihn scheinbar alles um sich herum vergessen.

»Das ist wie in einem Computerspiel. Irre«, sagte er begeistert und er versuchte mir den Sinn dieser Spiele zu erklären, wobei ich nicht verstand, wieso jemand seine Zeit mit unechten Wirklichkeiten verbrachte.

»Zeig mir mehr von eurem Planeten«, forderte er mich auf. »So schnell werde ich vermutlich keinem Außerirdischen mehr begegnen… hoffe ich.«

»Über eure Besucher bin ich nicht informiert«, entgegnete ich ihm.

Er sah mich mit weit aufgerissenen Augen an und die Vorstellung, dass andere Wesen auf die Erde kamen, aus welchem Grund auch immer, schien ihm wirklich Angst zu machen.

»Hältst du es für möglich, dass noch andere kommen?« Er zupfte unruhig an der Haut an seinen Fingern.

Seine Frage war überflüssig und zudem konnte ich sie nicht beantworten. Er schien zu überlegen und was er sagte klang lächerlich.

»Bis jetzt war ich überzeugt davon, dass es keine Außerirdischen gibt. In Filmen, ja aber doch nicht wirklich. Es gibt zwar Leute, die das behaupten aber ich hielt sie für Spinner.«

Er lehnte seinen Kopf an die Felswand und sah nach oben. Seine Überlegungen schienen ihn zu überfordern.

»Zeig mir mehr von deinem Planeten«, forderte er mich erneut auf. »Bitte«, fügte er hinzu. »Es interessiert mich.«

In meiner Vorstellung kletterte ich mit ihm eine Felswand empor und der Ausblick, der sich vom Gipfel auf die steil zerklüftete Landschaft bot, machte meine Sehnsucht nach Cygron spürbar.

»Du vermisst deinen Planeten, was?«, fragte er und er sah mich durchdringend an.

»Es wird ein Jahr dauern bis ich wieder auf Cygron sein werde. Wenn es keine Komplikationen gibt.«

»Ein Jahr?«, fragte er nachdenklich und das Signal, das uns unterbrach, ließ ihn aufschrecken.

Er hätte es gar nicht hören dürfen, da die Frequenz, für Menschen nicht hörbar war aber anscheinend hatte sich seine Wahrnehmung auch in diesem Bereich schon verändert.

Das Signal kam von Omgran, der sich nach dem Verbleib der Proben erkundigte und mich damit an die Arbeit erinnerte, die ich zu erledigen hatte. Langsam gingen mir die Ausreden aus.

Ich sah Alex kurz an, um dann wortlos zu verschwinden.

Es kam mir fast so vor, als bedurfte es keiner aktiven Kommunikation mehr zwischen uns und ich nannte ihn das erste Mal bei seinem Namen, zumindest in Gedanken.

Der nächstgelegene Höhleneingang, den ich noch nicht erkundet hatte, lag ein ganzes Stück entfernt und ich lief schneller, um Zeit gut zu machen. Die stehende Luft in der Höhle brachte mir wieder etwas mehr Gelassenheit und ich verlangsamte meine Atmung.

Ich hätte es nie für möglich gehalten, aber ich ließ mich von meinem Arbeitsauftrag abhalten, um einem

Menschen mehr von Cygron zu zeigen. Ich war froh, dass Omgran keinen Zugang zu meinen Gedanken hatte, sonst würde er nicht zögern und mich sofort auf den Raumgleiter zurückholen. Was er dann mit mir tun würde, wollte ich mir gar nicht erst vorstellen. Omgran würde nicht eher Ruhe geben, bis er auch das letzte Detail erfahren hatte.

Es war seltsam. Das einzige Wesen, das Zugang zu meinen Gedanken besaß, war ein Mensch. Ausgerechnet ein Mensch. Ich hätte mir vorstellen können, mit anderen Wesen Gedanken auszutauschen. Mit Gesson oder natürlich mit Gera oder Otis, aber auf keinen Fall mit einem Menschen, dazu waren sie mir zu wenig entwickelt.

Allerdings hatten sich die Dinge anders ergeben und die Veränderungen, die sich bis jetzt bemerkbar machten, erstaunten mich. Während ich monoton Proben sammelte, versuchte ich mir ein Bild über meine Situation zu machen.

Ich hatte Kontakt zu einem Menschen und das war noch nicht alles. Ich hatte Kontakt zu seinen Gedanken und er hatte Kontakt zu meinen Gedanken. Er konnte mit mir ohne Worte kommunizieren und er konnte mir Schmerzen senden. Er konnte ein Dröhnen in meinem Kopf verursachen und er konnte mich seine körperliche Verfassung spüren lassen.

Das alles würde sich aber hoffentlich beim Verlassen des Planeten wieder ändern. Was sich nicht ändern würde, war die Fließeigenschaft meines Blutes, das erschien mir sicher. Damit würde ich leben müssen, *vermutlich für den Rest meines Lebens. Ich hoffte nur, das mich diese körperliche Eigenschaft nicht eines Tages in große Schwierigkeiten bringen würde.*

Ich befand mich weit in dem letzten Höhlensystem, das ich zu erkunden hatte. Warum ich während meines Einsatzes das Gebiet nicht wechseln sollte, wusste ich nicht und wenn ich darüber nachdachte, erschien es mir unlogisch, dass ich keine anderen Regionen absuchen musste.

Aber es würde einen Grund geben und vielleicht würde ich, wenn ich zurück auf dem Raumgleiter bin, danach fragen, was diese Höhlen so besonders machte.

Vermutlich würden sie mir nicht alles sagen, aber ich konnte die anderen nach ihren Einsatzorten fragen und vielleicht ergab sich so ein Zusammenhang.

Ich fühlte eine gewisse Unruhe und die Neugierde, die sich ausbreitete, war mir in dieser Intensität fremd. Es schien, als würden sich immer wieder neue Wesenszüge bei mir entwickeln und ich war froh darüber, dass ihnen dazu nur noch zwei Tage Zeit blieben.

Ich würde sie überstehen, diese Erdentage.

Der Höhlengang, in dem ich mich befand, war eng und ich konnte ihn nur rückwärts kriechend wieder verlassen, da er mir keine Weite bot, um mich zu drehen.

Der feuchte, modrige Geruch des Höhlenganges ermüdete mich und die verhasste Kriecherei erschwerte meine Arbeit.

Langsam begann mich das Sammeln der Proben zu langweilen und ich überhörte fast Omgrans Signal, womit er nachfragte, ob es Schwierigkeiten gab und mich wieder daran erinnerte, dass noch Proben fehlten. Er schien mich jetzt wieder verstärkt zu kontrollieren.

Ich sendete die Proben für diesen Tag ab und es umhüllte mich schleichend ein übermächtiges Gefühl der Müdigkeit, gegen das ich ankämpfen musste und es gelang mir nur mühsam aus der bedrückenden Enge des Ganges zu kriechen.

Ich hatte langsam genug von der Luft der Erde, die mich immer wieder an meine Grenzen brachte.

Mein Gefühl für die Zeit arbeitete mittlerweile ungenau und ich konnte nur vermuten, dass es Tagesanbruch war, was sich bestätigte, als ich mich dem Höhlenausgang näherte. Bevor ich den Tunnelausgang hochkletterte, scannte ich die Gegend. Ich hatte es mir zur Gewohnheit gemacht und in diesem Fall, war ich froh darüber.

MENSCHEN

Es befanden sich Menschen in meinem Gebiet. Vier Menschen. Ich überprüfte es noch einmal. Sie waren vier. Die Menschen befanden sich in Alex näherer Umgebung und bewegten sich langsam auf ihn zu.

Sie konnten bei ihm gewesen sein. Ich musste vorsichtig sein. Ich kannte die Menschen nicht und ich konnte nicht einschätzen, wie sie dachten. Ich aktivierte meine Tarnung und beschloss, sie aus sicherer Entfernung zu beobachten, während ich nach oben kletterte.

Ich zog auf meinem Scanner einen engeren Kreis um Alex und sicherte ihn. So würde ich sofort ein Signal bekommen, wenn sich ihm jemand näherte.

Ich konnte einen Angreifer sofort auslöschen und niemand hätte jemals mehr als ein winzig kleines, zusammenhängendes Stück, von ihm gefunden. Der Gesteinslaser konnte ihn zerlegen, wenn es sein musste. Er war in der Lage sehr viele Materialien zu zerlegen und er konnte sie auch wieder zusammensetzen. Wie sich das allerdings bei einem Lebewesen verhielt, entzog sich meiner Kenntnis.

Ich hatte einmal beobachtet, wie ein Metall zerlegt wurde. Es zerfiel in kleinste Einzelteile, die einzeln betrachtet fast nicht mehr sichtbar waren. Nur der Haufen, auf dem sie zusammengefallen waren, ließ erahnen, wie groß der Gegenstand ursprünglich gewesen sein musste.

Der Prozess ging relativ schnell, aber mit Sicherheit würde er für ein Schmerz empfindendes Wesen, unerträglich heftig sein. Niemals würde ich den Gesteinslaser, ohne ausreichenden Grund, als Waffe einsetzen.

Meine Gedanken kreisten darum, ob Alex mir eine Falle stellen würde. Ich konnte es nicht ausschließen und ich konnte nicht vermeiden, dass ich ein Gefühl der Enttäuschung spürte. Ob es begründet war oder nicht. Ich spürte es und das Gefühl war unangenehmer, als ich mir eingestehen wollte.

Ich bewegte mich langsam in seine Richtung und ich spürte, dass ich genug hatte. Genug von den Problemen mit diesem Menschen, genug von der Erde, einfach genug.

Meine Belastbarkeit war ausgereizt und ich fühlte mich erschöpft. Ein Gefühl, dass ich bisher nur auf der Erde kannte und ich hoffte, dass dies so bleiben würde.

Ich hatte keinesfalls vor, unangenehme Empfindungen mit auf die Heimreise zu nehmen und auf keinen Fall, wollte ich den Rest meines Lebens mit ihnen zu tun haben.

Sie bewegten sich aufeinander zu. Alex stand auf und lief ihnen langsam entgegen. Ich konnte sie von meiner Position aus, auf einem Felsen liegend, gut beobachten. Sie bildeten eine Gruppe und begannen heftig miteinander zu sprechen, wobei sie ihre Gliedmaßen ebenfalls bewegten. Dann folgte eine Pause, bevor sie Alex in ihre Mitte nahmen, ihn stützten und sich zu entfernen begannen.

Ich beobachtete sie so lange, bis sie hinter dem Abhang verschwanden. Ich atmete langsam und tief und saugte das Gefühl der Erleichterung in mich auf, während ich mich auf den Rücken drehte und meine Vorderseite der wärmenden Sonne aussetzte.

Ich war ihn los. Sie hatten ihn mitgenommen. Ich musste keinen Gedanken mehr an ihn verschwenden und konnte meine Arbeit auf diesem Planeten, ungestört beenden.

Es war ein unglaublich gutes Gefühl der Befreiung, das ich in diesem Ausmaß noch niemals gespürt hatte und das mich sanft in den Schlaf begleitete.

Omgrans Signal weckte mich und mit demselben unbeschwerten Gefühl, mit dem ich eingeschlafen war, lief ich einem neuen, weiter entfernten Höhleneingang entgegen. Ich kletterte den steilen Eingang, der in die Höhle führte hinunter und langsam breitete sich eine Sehnsucht nach Cygron in mir aus.

Ich liebte die steil abfallenden Felsvorsprünge und die hohen Berge und ich würde das Klettern dort mehr

genießen als jemals zuvor. Ich würde alles auf Cygron
mehr genießen als jemals zuvor.

Ohne den Menschen verlief alles ohne Komplikationen. Ich arbeitete konzentriert und ohne Ab-
lenkung und mit dem Gedanken an Cygron schlief ich,
mit aktivierter Tarnung auf dem Felsvorsprung ein, auf
dem ich mich ein letztes Mal zum Sonnen nieder-
gelassen hatte.

Das Geräusch des Fluggeräts war laut. Es schien die
Gegend abzusuchen und während es kurze Zeit über
mir schwebend die Position hielt, konnte ich eine
leichte Sensorstrahlung spüren. Es waren suchende
Wellen, die mich erreichten und meine Körperwärme
scannten. Ich konnte sie blockieren und sie prallten am
äußeren Rand meiner Tarnung ab, worauf sich das
Fluggerät wieder entfernte.

*Er hatte mich verraten. Dieser Gedanke kam in mir
auf und ich war mir sicher. Er musste mich verraten
haben und jetzt suchten sie nach mir. Ich musste
vorsichtig sein. Ich dachte daran, mich auf den Raumgleiter holen zu lassen. Das würde vermutlich das
Vernünftigste sein aber nach Allem, was ich bis jetzt
ausgehalten hatte, würde ich jetzt nicht aufgeben. Ich
würde diesen letzten Tag noch schaffen.*

Es war unmöglich noch einmal einzuschlafen und
darauf hoffend, dass der Tag friedlich verlief, ließ ich
mich, auf einem Felsen sitzend von der Sonne
bescheinen. Die Sonnenwärme war für meine Reflexe

wichtiger, genügend Schlaf würde ich wohl erst wieder in der Isolationskapsel haben.

»Eria, hörst du? Eria, sag was verdammt! « *Ich hatte gehofft, seine Stimme nicht mehr hören zu müssen, aber anscheinend verfolgte er mich und ließ mir auch jetzt keine Ruhe.*

Bald würde ich wieder auf dem Raumgleiter sein und vielleicht würden meine Erinnerungen, wie ein Traum verblassen. Ich hoffte es.

»Sie suchen nach dir. Also nicht direkt nach dir aber nach einem Menschen. Ich musste mir eine Geschichte einfallen lassen, nachdem sie meine Verletzungen gesehen hatten.« Er redete hektisch immer weiter und versuchte mir zu erklären, dass er keine andere Möglichkeit gesehen hatte, als die Geschichte eines Überfalls zu erfinden.

Er hatte behauptet, dass ihn Jemand angegriffen hätte und er sich auf der Flucht befand und daraufhin hatten sie einen Suchtrupp organisiert.

Menschen sind eine seltsame Spezies, aber irgendwie hatte ich meine Angst vor ihnen verloren. Es war seltsam, nur in Gedanken mit ihm zu kommunizieren und die Verbindung, die zwischen uns bestand, funktionierte erstaunlich gut. Ich antwortete ihm, dass ich mich sicher fühlte, weil ich meine Tarnung aktiviert hatte und ich würde mich einfach noch weiter entfernen und ein anderes Gebiet aufsuchen.

»Eria, sie haben Hunde. Kennst du Hunde? Ich nehme an, dass sie dich wittern?« Ich kannte diese Spezies nicht und er erklärte mir, dass sie mich vermutlich riechen und auch angreifen würden.

»Sind sie gefährlich, diese Hunde?«, er hatte mich verunsichert. Was bedeutete ein Angriff dieser Wesen? Wie gefährlich konnten sie für mich sein?

Er hatte keine Zeit mehr zu antworten, als ich sie bereits auf mich zu rennen sah. Sie stießen laute Töne aus.

Auf der Erde schien vieles laut zu sein. Auf Cygron hätte ich angenommen, dass es keine Jäger waren, weil Jäger sich lautlos fortbewegen aber auf der Erde konnte dies anders sein. Es waren fünf, nicht besonders groß gewachsene aber sehr laute Tiere und ich ging davon aus, dass die Menschen sie vorausgeschickt hatten, um mich aufzuspüren. Nicht direkt mich aber den Verbrecher, für den sie mich hielten.

Sie kamen schnell näher und ich konnte ihre Zähne erkennen, die sie mir in sehr aggressiver und lauter Weise zeigten. Diese Wesen wollten mir Angst machen und das schafften sie auch. Sie zwangen mich zu schnellem Handeln und mir blieb nicht viel Zeit zum Überlegen.

Es blieb von ihnen nur ein nicht zu erkennender Rest, der zwischen dem kärglichen Pflanzenbewuchs verschwand. Sie hatten mir keine Wahl gelassen, ich konnte keine Infektion durch Bisswunden riskieren.

»Eria. Was war das? Wo sind die Hunde hin?« Alex Stimme klang entsetzt und irritiert, aber ich fühlte mich nur erleichtert.

»Sie sind weg. «

»Was soll das heißen, sie sind weg. Ich hab gesehen, was du gemacht hast. Eria, hör zu. Es sind Menschen unterwegs zu dir. Du wirst sie doch nicht töten? Hörst du?« Alex Stimme klang panisch.

Wie konnte er nur denken, dass ich diese Menschen töten würde. Hatte er nicht realisiert, was ich alles unternommen hatte, um seinen Tod zu verhindern?

Ich erklärte ihm, dass die ganzen Probleme nur dadurch entstanden sind, dass ich niemanden töten wollte. Ich wollte nie jemand töten und wenn er mich nicht verfolgt hätte, wäre keiner von uns in dieser Situation.

»Eria, das hilft jetzt niemandem, wenn wir uns gegenseitig die Schuld zuwerfen. Du musst dich entfernen .... »

»Nein. Ich werde meinen Auftrag beenden. Die Hunde sind weg und ich habe keine Angst vor den Menschen.»

Ich wandte mich ab und begann, vom Felsen zu klettern und dem nächsten Abhang zuzulaufen. Ich würde diese eine Nacht noch durchhalten. Ich würde nicht aufgeben. Nicht jetzt, wo ich dem Ziel so nahe war.

Als ich über dem Abhang stand, sah ich sie. Sie kamen näher und sie trugen Waffen. Einer von ihnen feuerte seine Waffe in die Luft ab und sie erzeugte einen lauten Ton, der mich erschreckte. Es waren feindliche Menschen. Anders als Alex wirkten sie feindlich auf mich.

Der Scanner zeigte mir, dass sie versuchten, mich zu umzingeln, aber wenn ich schnell genug war, würde mir eine Flucht gelingen. Ich fühlte mich sicher, da sie mich wegen meiner Tarnung nicht sehen konnten und ich konnte schnell sein.

Ich hörte sie. Sie schienen die Hunde zu suchen. Sie suchten sie aufgeregt und ich schaffte es, mich lautlos zu entfernen. Aus sicherem Abstand beobachtete ich die Menschen. Ich durfte sie nicht mehr aus den Augen lassen. Ich kannte ihre Waffen nicht und wusste nicht, welche Schäden sie bei mir hinterlassen würden. Ich durfte nichts riskieren.

Meine Haut spannte sich bis zum Äußersten und ich war kurz davor, mich auf den Raumgleiter holen zu lassen. Mein Finger berührte fast die Signaltaste als ich, in sicherer Entfernung, stehen blieb und mich zwang, langsam zu atmen, während ich eine warme Hand auf meiner Schulter spürte. Es war Alex. Ich konnte seine Ausstrahlung spüren und er erschreckte mich nicht einmal mehr.

Er hatte sich lautlos genähert, ohne dass ich ihn bemerkte und Niemand hätte mir, in dieser Situation, unbemerkt so nahe kommen können. Mein Fokus war auf die anderen Menschen gerichtet, nicht auf ihn und seltsamerweise, machte ich einen Unterschied zwischen ihnen. Für mich war er nicht mehr ganz einer von ihnen. Ein Teil von ihm schien zu mir zu gehören und ein Teil von mir fing an, ihm zu vertrauen.

Er stand hinter mir und hatte seine Hand auf meine Schulter gelegt. Er sprach nicht und während ich mich zu ihm umdrehte, glitt seine weiche Hand von meiner Schulter. Ich stand so dicht vor ihm, dass ich seinen Atem riechen konnte und ich sah ihm direkt in die Augen.

Die Farbe, die sie hatten, dieses einmalige helle Blau, das mich tiefer hineinblicken ließ, als es unsere Spaltpupillen jemals zulassen würden, spielte ihre Faszination aus. Automatisch hatte ich wieder die Musik der blauen Lichtbänder in meinem Kopf und die Töne schienen sich mit der Farbe seiner Augen zu vermischen.

Ich umfasste seine weichen Hände und spürte, wie er zurückzuckte, aber er entzog sie mir nicht. Ein warmes Gefühl durchströmte mich, ausgehend von seinen Händen und es floss durch meinen ganzen Körper. Es fühlte sich unglaublich gut an und für einen Moment hatte ich das Gefühl, dass sich unser Herzschlag einander anzupassen versuchte.

Ich glaube die Leichtigkeit dieser Erde ist etwas, dem ich auf Dauer nicht gewachsen war. Ich empfand es als sehr schwierig, meine Handlungen ausreichend zu kontrollieren. Die Dichte der Atmosphäre, die mir auf Cygron Stabilität gab, war nicht nur beim Atmen spürbar, sie war immer spürbar.

Er zuckte zusammen und unterbrach diesen kurzen Moment, in dem wir beide, zwar körperlich präsent, aber doch abwesend zu sein schienen und er befreite seine Hände aus meiner Umklammerung.

Ich konnte seine Verunsicherung und seine Angst spüren und ich konnte meine Enttäuschung darüber spüren. Es war die Enttäuschung darüber, dass er mir keinerlei Vertrauen schenkte. Ich fühlte sein Misstrauen und seine Abwehr und es war noch viel mehr. Er konnte mich nicht akzeptieren.

Wir beobachteten die Menschen, die langsam näher kamen. Noch befanden sie sich in ausreichender Entfernung und konnten uns nicht sehen, aber sie kamen näher.

Ich überlegte kurz und entschied mich dann, die Menschen für eine Zeitlang auszuschalten. Ihr Anblick erzeugte in mir eine derartige Anspannung die ich nicht mehr länger ertragen konnte. Ich holte die Betäubungswaffe aus meiner Ausrüstung und begann, den Menschen entgegen zu laufen.

Nein. Eria. Bleib stehen! Was hast du vor? Willst du sie töten, genauso wie die Hunde? Seine Gedanken bohrten sich in meinen Kopf.

Ich habe dir gesagt, dass ich niemanden töten werde. Ich werde sie nur betäuben. Unserer Kommunikation ohne gesprochene Worte funktionierte erstaunlich gut.

Er packte mich und versuchte, mich auf den Boden zu werfen, was ihm nicht gelang. Ich feuerte die Kapseln ab und jede von ihnen erreichte ihr anvisiertes Ziel. Die Menschen sanken zu Boden und sie hatten keine Möglichkeit zu reagieren.

Alex gab einen lauten Schrei von sich und begann erneut, mich zu attackieren. Er hatte keine Chance gegen meine körperliche Stärke. Ich zog ihm, mit einem gezielten Schlag meines Unterschenkels die Beine weg, worauf er auf den Boden sank und ich mich über ihn kniete.

Ich wollte ihn nicht verletzen und ich sah mich gezwungen, ihm ebenfalls eine Betäubungskapsel unter die Haut zu schießen, um ihn zu beruhigen. Ich setzte die Waffe an, während ich seine beiden Handgelenke mit einer Hand festhielt.

Er glaubte mir nicht, dass ich abdrücken würde. Anscheinend dachte er, ich wollte ihn töten aber ich erklärte ihm, dass es für uns beide das Beste wäre, wenn er sich erst einmal beruhigen würde. Die Betäubungskapsel würde ihm nicht schaden und die eventuell auftretenden Erinnerungslücken würden nicht schwerwiegend sein.

Er hörte nicht auf, sich zu wehren und redete auf mich ein. *Während er mich mit den Augen fixierte, realisierte ich, wie sich mein Entschluss in Luft aufzulösen begann. Die Härte zwischen uns wurde weicher und ich ließ seine Hände los.*

Ich steckte die Betäubungswaffe wieder in meine Ausrüstung und beugte mich über ihn, während er sich seine Handgelenke rieb. Ich fühlte mich nicht fähig, auf ihn zu schießen.

Unsere Augen fixierten sich immer noch, während sich unsere Gesichter näher kamen. Er wehrte sich nicht, als ich meine Stirnplatte auf seine Stirn legte und für einen Moment die Augen schloss.

Ich war froh, dass ich die Erde bald verlassen würde denn ich fühlte, dass ich zunehmend die Kontrolle über meine Handlungen verlor.

Ich musste noch eine Nacht überstehen und ich hatte keine Wahl. Ich musste meine Arbeit erledigen und den Gedanken, die meinen Kopf belagern wollten, nicht die Möglichkeit geben, sich auszubreiten. *Aber bei einer Verbindung ist es oft so, dass man die wichtigen Dinge, die sie ausmacht, nicht direkt sieht.*

Alex spürte, dass ich mich wieder meiner Arbeit widmen musste. Ich konnte mich ihr nicht entziehen und ich fürchtete einen Kontakt mit Omgran. Meine Anspannung nahm zu, der Schlafmangel machte sich bemerkbar und ich fühlte mich instabil.

Ich erhob mich und entfernte mich, ohne Alex noch einmal anzusehen. Ich hatte mir einen breiteren Höhlengang ausgewählt, um nicht noch einmal in eine bedrückende Enge zu geraten.

Diese wenige Zeit, die ich noch auf diesem Planeten verbringen musste, sollte möglichst komplikationslos verlaufen, darauf musste ich mich konzentrieren. *Keine Verwirrungen mehr.*

Mein Atem ging langsam. Ich erhöhte die Temperatur meiner Ausrüstung. Die Restenergie, die dafür zur Verfügung stand, würde ausreichen. So konnte die niedrige Temperatur der Höhle meine Bewegungen nicht verlangsamen.

Ich schaffte mein Arbeitspensum. Zwar sind die Erinnerungen daran vage aber ich sendete die Probenbehälter anscheinend regelmäßig, sonst hätte Omgran sich wieder gemeldet. Ich hatte nur noch wenige Behälter übrig, als etwas an meine Gedanken klopfte und versuchte, sich Einlass zu verschaffen. Der Höhlengang war gut passierbar und ich befand mich bereits auf dem Rückweg, als das Klopfen in meinem Kopf stärker wurde.

»Er…Eria. Hörst du mich?« Es klang leise und unsicher. »Also, falls du mich hörst, dann antworte doch.«

Es stellte sich ein Gefühl der Gespaltenheit ein und es zeigte sich sehr ausgeprägt. Die Ansichten schienen meinen Körper, am Kopf beginnend, in Richtung Boden mit einem scharfen Schnitt zu halbieren. Ein Ja auf der einen, ein Nein auf der anderen Seite und sie waren gleich stark.

»Hey. Hörst du?« Er würde nicht so schnell aufgeben, das wusste ich.

Ich versuchte ihn zu ignorieren und mich auf die restlichen Proben zu konzentrieren. Trotz der ganzen Turbulenzen hatte ich es fast geschafft, meinen Arbeitsauftrag auszuführen, darauf konnte ich wirklich stolz sein.

Er versuchte weiter Kontakt aufzunehmen und redete auf mich ein.

»Hey. Mann sei doch nicht so stur.« Er machte eine Pause. »Wie lange soll ich noch auf dich einreden?« »Willst du einfach so verschwinden? Lass uns wenigstens ordentlich verabschieden.«

Ausgerechnet er sprach von Ordnung. Ich bezweifelte, dass er einen Sinn für Ordnung besaß, aber ich hatte ihn und die Situation war nicht rund, das spürte ich. Es war immer besser, die Dinge rund zu hinterlassen. Bestehende Ecken würden sich immer wieder an andere Ecken stoßen und Komplikationen verursachen. Es würde besser sein, ein rundes Ende zu hinterlassen und ich hoffte so für die Zukunft weniger Reibungsmöglichkeiten offen zu lassen.

Der Höhlenausgang war steil und bald würde ich wieder für lange Zeit auf das Klettern verzichten müssen und mich der Enge des Raumgleiters ergeben, aber irgendwie war das Klettern auf der Erde zu einer eher unwichtigen Sache geworden.

Er saß kniend vor dem Höhleneingang und er erhob sich, als ich vor ihm stand. Er streckte mir seine Hand entgegen, ich nahm sie nur leicht, um ihm nicht weh zu tun und wieder fiel mir auf, wie weich und nachgiebig sie sich anfühlte.

So ein Mensch ist verletzlich. Viel mehr als es rein äußerlich betrachtet den Anschein trug und ich hatte das Gefühl, dass seine Verletzlichkeit zunahm.

»Wir haben nicht viel Zeit.« Ich versuchte meine Worte sinnvoll zu wählen. »Ich weis nicht, wie weit unsere Verbindung bestehen bleibt. Ich vermute und ich hoffe, dass sie spätestens beim Galaxienwechsel endet, aber ich weiß es nicht und ich werde niemanden danach fragen können.« Ich machte eine kurze Pause.

»Ich hoffe für mich, dass sie niemals von meinem Kontakt mit dir erfahren. Sonst wäre ich vermutlich besser tot.«

»Was würden sie mit dir machen?« An Alex Gesichtsausdruck konnte ich erkennen, dass er keine Ahnung hatte.

»Ich denke, sie würden mich für Forschungszwecke gebrauchen und das möchte ich mir nicht vorstellen.«

Allein der Gedanke daran, ließ mich erstarren und meine Haut spannte sich.

»Na, ja. Ich denke, viel besser bin ich auch nicht dran.«

Er lachte. »Ich könnte natürlich erzählen, dass ich einem Außerirdischen begegnet bin und dann habe ich denke ich zwei Möglichkeiten. Entweder ich bestehe darauf, dass es stimmt, dann stecken sie mich vermutlich in eine Anstalt oder ich behaupte, es wäre alles erfunden.«

»Du meinst, niemand würde dir glauben?«, fragte ich ihn erstaunt.

»Natürlich würde mir niemand glauben. Vielleicht könnte ich in allen möglichen Fernsehshows auftreten, aber ich würde der Spinner sein.« Er lachte wieder. »Das wäre vielleicht eine Idee. Karriere als Spinner machen. Es gibt zwar schon genug davon, aber es ist doch möglich, dass sie noch einen brauchen können. Zu erzählen hätte ich ja einiges und reden kann ich.«

»Du musst jemand finden, der ebenfalls Kontakt mit einem Außerirdischen hatte, dann müssen sie dir glauben.«

Er lachte, wobei sein Gesichtsausdruck keine Freude zeigte. »Ja sicher. Ich gebe eine Anzeige auf und sofort melden sich tausend Leute. Geniale Idee.«

»Vielleicht reicht einer«, versuchte ich ihn zu überzeugen.

»Na dann mach ich mich auf die Suche nach dem Einen. Es ist ja nur ein paar Milliarden Menschen, den find ich dann schon.«

Er schien ratlos und ich war mir nicht sicher, wer von uns sich in der besseren Lage befand. Sein Blick ruhte auf den beiden letzten Proben, die ich in meiner Hand hielt und von denen eine gerade verschwandt.

»Ich nehme Sicherheitsabstand«, sagte ich erklärend, während ich langsam einige Schritte rückwärts ging und ihn nicht aus den Augen ließ.

Ich wollte nicht riskieren, dass er durch den Transfer beeinträchtigt wurde.

Ein Rest Misstrauen war geblieben. Trotz Allem, was uns verband, war immer noch ein Rest davon geblieben.

Vielleicht würde dieses Misstrauen weniger werden, wenn wir mehr Zeit hätten. Vielleicht würde aber zwischen verschiedenen Existenzen immer ein Rest an Misstrauen bleiben. Ich würde es nicht erfahren.

Er hob die Hand zum Abschied.

Ich sendete die letzte Probe an den Raumgleiter und bis zu meinem Transfer würde uns nur noch ein kurzer Moment bleiben.

Ich hatte meinen Arbeitsauftrag ausgeführt und ohne nachzudenken, sendete ich Omgran das Signal zum Transfer.

Ein Gefühl unglaublichen Stolzes auf mich selber erfüllte mich, gepaart mit einer ungeahnten Erleichterung, den Planeten endlich verlassen zu können.

Es blieb mir ein Nichts an Zeit, um meine Hand zu heben. Für Worte war es zu spät, dafür löste sich meine Erscheinung zu schnell auf.

*Es war nur ein Hauch von einem kurzen, intensiven
aber auch erstaunlich schmerzhaften Moment.*

209

*Es war nur ein Hauch von einem kurzen, intensiven
aber auch erstaunlich schmerzhaften Moment.*

ERINNERUNGEN

Ich hatte tagelang versucht, mich auf die Zielperson zu konzentrieren und eine Verbindung zu ihr aufzubauen. Es war mir nicht richtig gelungen. Immer wieder begegnete ich Omgrans bohrenden Blicken und ich spürte, dass mir nicht mehr viel Zeit blieb, bis er anfangen würde, mir unangenehme Fragen zu stellen.

Langsam und vorsichtig trennte ich meine Erinnerungen ab. Immer wieder passierte es, dass ich andere Erinnerungen dabei mit abzog. Erinnerungen an Cygron, Erinnerungen an Gesson. Das wollte ich vermeiden, aber es gelang mir nicht gut genug. Auf einige Erinnerungen würde ich verzichten müssen.

Sie waren einfach zu klebrig verbunden und ich arbeitete auf den stimmigen Moment hin, um sie abzusenden. Den Moment, der zeigt, dass etwas gelungen ist. Dass es gut ist, wie es ist. Der Moment zeigte sich nicht und ich entschied, es ohne ihn zu beenden.

Ich trennte meine Erinnerungen ab. Ich drehte sie zusammen, so dass sie eine kompakte Kugel bildeten und ließ den Anfang etwas hervorstehen. Wenn sie ankamen, würde sich der Anfang festsetzten und sie würden sich aufwickeln lassen.

Ich ließ sie ungern ziehen. Ich fühlte meine innere Zerrissenheit. Einerseits ein Schmerz, der an mir zog und mir zeigte, dass etwas meinen Körper verlassen würde, dass zu ihm gehörte und andererseits eine unglaubliche Erleichterung.

Eine Erleichterung, die so groß war, dass sie mich wie eine Wolke umschloss. Eine Wolke, die uns mitzunehmen schien. Mich und meine Erinnerungen, die ich immer noch festhielt. Die Wolke transportierte uns mit einem wahnsinnigen Gefühl der Leichtigkeit. Sie umschloss uns, wie eine Kugel und wir schossen gemeinsam hinaus in die Weiten des Alls. Diese Vorstellung zeigte sich unglaublich real.

Diese Wolke flog mit mir, wohin ich wollte. Ich konnte sie lenken und wir flogen, mit einer atemberaubenden Geschwindigkeit durch Ansammlungen von Sternen, die so schön waren, dass es unmöglich schien, sie zu beschreiben.

Dieser Moment schien Alles zu sein. Es war das Gefühl der Vollkommenheit, das er mit sich brachte und niemals hätte ich ein solches Gefühl für möglich gehalten. Ich hatte schon, während der letzten Tage, bemerkt, dass sich meine Empfindungen veränderten. Ich wurde sensibler und konnte manchmal körperlich spüren, was andere dachten. Die Ereignisse auf der Erde hatten mich verändert und vermutlich würde dieser Zustand andauern. Omgran riss mich aus diesem perfekten Moment und beendete ihn, als er die Kapsel öffnete.

Ich musste sie loslassen, meine Erinnerungen. Es blieb mir keine Zeit mehr, ich musste, obwohl es mich fast innerlich zerriss. Sie verschwanden schneller, als ich ihnen mit den Augen folgen konnte und ich hoffte, dass sie Alex erreichen würden. Ich hatte keine Ahnung wie, aber solange ich daran glaubte, würden sie es schaffen. Davon war ich fest überzeugt.

Meine Zeit in der Isolationskapsel war beendet und ich zuckte kurz zusammen, als Omgran mir seine Hände reichte, um mir aus der Kapsel zu helfen. Seine Hände fühlten sich so hart an. Ich hatte dieses Gefühl anders in Erinnerung, viel weicher und seltsam kam mir vor, dass ich mich gar nicht daran erinnern konnte, ihn jemals vorher berührt zu haben.

Ich sah ihm tief in seine gelben Augen mit den Spaltpupillen und die Töne, die dabei in meinem Kopf entstanden, spielten eine völlig neue Melodie. Omgran umfasste meine beiden Hände mit seinen starken, langen Fingern, um mich aus der Kapsel zu ziehen.

Er hielt mich einen Moment lang fest und dieser Moment dauerte etwas länger, als notwendig gewesen wäre, um mir zu einem sicheren Stand zu verhelfen. Ich begann, ein Gespür dafür zu entwickeln. Wir sahen uns ungewöhnlich lange an und ich erkannte, dass Omgran einige Geheimnisse in sich barg. Seine Geschichten hatten mich schon immer fasziniert und als er mich kurz noch näher an sich zog, wusste ich, dass es nicht nur seine Geschichten waren, die mich anzogen.

War es möglich, mit Omgran eine Verbindung ein-
zugehen? Meine erste Verbindung und diese mit
Omgran? Ich glaube nicht, dass Omgran das Fliegen
aufgeben würde und unser Nachwuchs würde auf einem
Raumschiff aufwachsen und nicht auf Cygron. Das war
eine befremdliche Vorstellung, aber warum nicht? Wir
brauchten keine Erlaubnis dafür, nur Omgran musste
einverstanden sein.

Ich dachte kurz an Otis, dem ich ein Versprechen
gegeben hatte aber Otis war weit weg und befand sich
in einer anderen Galaxie.